私の好きなエミリ・ディキンスンの詩 2

Toshikazu Niikura

新倉俊一 編

金星堂

My Favorite Poem by Emily Dickinson 2
edited by Toshikazu Niikura

エミリのためのデッサン

新倉 俊一

ウインターズ・テイル

冬が白い結晶で窓を
閉ざすとき部屋でひとり
エミリは遠くへ思いを馳せる
妻を失った老判事と
ずっと孤独な詩人との
この「老いらくの恋」を
内輪で非難されて
ついに相手は世を去った
日頃から手紙を「肉体を
もたない魂そのもの」
と呼んでいた詩人に
この晩年の挿話は

いかにもふさわしい
老判事のあとを追うように
なくなった詩人の棺に
「あのひとに持っていくように」
と妹が花束を優しく入れた
その花は「魂の色」だったろうか
先ごろ封切りされた伝記映画
「静かなる情熱」にはこの
エピソードは含まれていない
生前に詩人はこう歌った――
「一時間待つのはながい
愛がすぐ向こうにあれば――
永遠に待つのは短い
愛が終末に報いるならば――」

（新倉俊一詩集『ウナ　ジョルナータ』より）

目次

私の好きなエミリ・ディキンスンの詩　2

三六　「私が死んで／そしてあなたが生きていたら」

東　雄一郎

一　死と復活の物語

私の好きなエミリ・ディキンスンの詩は三六番「私が死んで／そしてあなたが生きていたら」である。この一八五三年に書かれた作品には、「事業」「株」「取引」「商売」の経済活動に関係する用語が使われ、地上の人間界の「快い光景」が描写されている。詩人は生活と経済が平安の中心であると看破している。この作品が書かれた前年、五二年の十二月ディキンスンの父エドワードは国会議員に選出され、翌五三年父はアマスト・ベルチャータウン鉄道の敷設に成功するという偉業を達成した。その駅はディキンスン家の以前の牧場に造られた。同年六月、この父の偉業に先立ち、悲報がもたらされていた。ディキンスンが敬愛し、彼女に文学的感情教育を施してくれたベンジャミン・ニュートンが肺病のため、享年三十三歳の若さで亡くなった。

4

If I should die –
And you should live –
And time sh'd gurgle on –
And morn sh'd beam –
And noon should burn –
As it has usual done –
If Birds should build as early
And Bees as bustling go –
One might depart at option
From enterprise below!
'Tis sweet to know that stocks will stand
When we with Daisies lie –
That Commerce will continue –
And Trades as briskly fly –
It makes the parting tranquil
And keeps the soul serene –
That gentlemen so sprightly
Conduct the pleasing scene!

私が死んで
そしてあなたが生きていたら
そしてこれまでと同じように
延々と時は流れつづけ
そして燦燦と朝は輝き
そして真昼が燃え立つなら
鳥たちが早くに巣をつくり
蜜蜂たちが忙しく飛び回るなら
地上の事業からはなれて
旅立つのも思いのまま！
二人で雛菊と一緒に横たわり
株は堅調な動き
取引は続行
商売は活況などと知るのも楽しい
紳士たちが活発に指揮をとる
あの快い光景に
この世との別れも穏やかになり
魂もしずまる！

この仮想には一人称の「私」が死者として語るという独白が見られる。「私」は自己対話であっても「あなた」という相手に言葉を発する。この「私が死んで／そしてあなたが生きていたら」は想像的遺書としても読めるが、語り手・話者の「私」は死んではいない。

近・現代的自我は常に相手・他者の補足や補完を必要とする。ディキンスンの一人称の「私」の話法は、彼女が敬愛した同時代のロバート・ブラウニングの文学的手法、劇的独白からの影響である。彼女の語り手の「私」は、詩人自身ではない。「私」は自分の想定した場面を率直に鮮明に独白する。このペルソナによる劇的独白には、想像上の聞き手・対話の相手が不可欠であり、この聞き手の存在は語り手の言葉を通して読者に理解される。

対話性を重視するこの独白は「仮面をつけて独白する技法」であり、ブラウニングは「ある特別な瞬間における人物の心理を的確に描く詩的才能」(富士川義之訳『ブラウニング詩集』「解説」)に恵まれていた。ディキンスンがブラウニングに傾倒した理由はこの「詩的才能」にあった。複雑、多彩、飛躍の多いブラウニングの難解な文体と対話的手法は、彼女の詩の心理描写にも適した手法であった。ブラウニングの作品と同じく、彼女の独白も語り手の唐突な言葉から始まり、対話の一端を提示する。話の要旨は読者の深い内的洞察によって形成されなければならない。この劇的独白は、自己に話しかけ、自己を深めてゆくハムレットの独白とは明らかに異なる。

一八六二年、ヒギンスンから愛読している作家の名前を訊ねられたディキンスンは先ずジョン・キーツに加え、ブラウニング夫妻の名前を、次にジョン・ラスキン、サー・トマス・ブラウン、新約聖書のヨハネの黙示録を挙げた（書簡二六一番）。彼女が最も愛していたのは、多様な文学的可能性を示してくれるウィリアム・シェイクスピアであることは言うまでもない。が、彼女はヒギンスンが自分のより特異な好みを知りたがっていると察し、故意にシェイクスピアの名前を伏せた。

複合的視座から死を描くディキンスンの作品の特徴は、死の虚構における自己劇化である。死の瞬間、死出の旅、死後の世界を想定し、それらを虚構化し具体的に描くことで、彼女は通常の言葉では表出できない意識、失意、絶望、懐疑、不信、喪失、愛情等の物語を提供し、読者はその意味の深化を試み楽しむ。詩人の意見や教訓と思えるものも、実は作中人物や語り手「私」の劇的表現なのである。

引用作品の季節は春、語り手の「私」は死後の世界にいる自分を想定し、大宇宙の天から地上を眺め、地上の人間の営みが「快い光景」であり続けることを願う。他者の「あなた」と語り手の「私」が死別する。だが、地上世界の「自然」も、人為的営みも、「時」の流れも、「朝」も、「真昼」も永続する。

「鳥」は早くに巣をかけ、「蜜蜂」が元気に飛び回る。この「鳥」や「蜜蜂」は自然界の住人であり、天と地の間を自由に行き来し、天と地をつなぐ仲介者・使者である。この「鳥」や「蜜蜂」は神、死、愛、希望、想像力等を暗示する。読者は各作品の中で、このように飛来するもの、天からの使者を自由に解釈できる。「鳥」や「蜜蜂」と同じ象徴的機能が、他の作品に登場する「蝶」にも与えられている。

生者必滅会者定離の地上であっても、「紳士たちが活発に指揮をとる／あの快い光景」とあるように、経済活動が順調に継続される。自然界と同じく、人間界の持続性が保障されている。地上での死別は一時的別離であり、「私」と「あなた」は死後の世界、彼岸で再会し、二人は春になると「雛菊」の群生する野の墓に安住する。この作品は死後に「あなた」と結ばれたいと願う「私」の激しい思慕をも表出する。この墓という再生の家は語り手「私」の仮想・想像世界内の家であるが、「雛菊」は詩人の魂が帰還する本然的場所である。この詩は死と復活、自然界で永遠に繰り返される生と死、人の心の中の生と死を語っている。

「雛菊」はディキンスンの初期の詩に多用され、この古英語の「太陽の目」の原義をもつ花は、詩歌・言葉・予言・音楽などを司る美青年の太陽神アポロ的活力を宿している。ジュディス・ファーが『エミリ・ディキンスンの庭』でこのアポロ的要素に言及している。「ディキンスンが特に愛した花々に関する詩作品や手紙を読むと、そこには花々の色や形や、彼女が魅了される効果が書かれているが、読者は、形式に対する強い渇望を表す太陽神のアポロ的なものと、歓喜への願望である酒神のディオニソス的なもの、その両者の特徴に気づく」（一四二）。さらにファーは「この二重の探求において、他の二つの範疇、二種類の美がディキンスンの関心の中心となっていた」と述べている。それは九五番の「そうです、どなたかが、花々を」の詩にみられるが、アマストの丘辺や牧場に咲く「雛菊」（人の心を謙虚にさせる花）と、ハイチの「サントドミンゴ」から飛来し「紫色の弧」を描く「蝶」（アマストにはない「美の体系」）に対する関心である。身近にある「雛菊」

の美と、天上から飛来する「蝶」の美、つまり、この此岸と彼岸との陶酔的合一は「雛菊」の中に横たわる「二人」の姿の中にも顕在している。彼岸の「私」と此岸の「あなた」が「雛菊」の中で新たな「美の体系」を創出している。

何の変哲もない時の流れや日常の中、天と地、無限と有限、非時間と時間との合一が瞬時に示唆される。この想像力はウィリアム・ブレイクのそれに類する。「あなた」が「私」を失うことはない。「私」も「あなた」を失わない。別離は新たな出会い、喪失は新たな創成となる。失われた意味は新たな意味となって甦る。それは「私」と「あなた」との地上での不変の愛情をも意味する。

この「あなた」は普遍的「あなた」、恋人にも家族にも友人にも転身する包括的万人の「あなた」である。この劇的独白における「あなた」は、二十世紀のエリオットの「プルーフロックの恋歌」に登場する語り手の一人称の「私」が呼びかける相手の「あなた」が万人であるのと同じである。愛も命も受け継がれ無限につらなってゆく。「鳥」「蜜蜂」「雛菊」の自然、無数の生き物が無限につながり、「事業」「株」「取引」「商売」が活況で、その「快い光景」も未来へ伝えられる。ディキンスンは別の詩で「永遠は複数の今からできている」と言う。燦燦と輝く「朝」や燃え立つ「真昼」のその瞬間、瞬間が「永遠」につらなる。

二 「神様は天にいます」

引用した三六番の詩は、ロバート・ブラウニングの八行の短詩「ピパの歌」(『海潮音』所収の上田敏訳では「春の朝」)から着想を得たものと思えるほど、平凡な日常生活における行為(具体的には経済活動)の重要性を強調している。絹の紡績工場で働く無垢で可憐なピパは「天下泰平」の多幸感に包まれている。ディキンスンの語り手は地上の「光景」を「あなた」と一緒に眺め、その幸福を確認することによって死後の「魂」をしずめる。しかも、この「二人」(私たち)が横たわる「雛菊」の場は、天上の神の超越的世界と地上の平凡な人間世界、垂直的視点と水平的視点が合一する不即不離の関係を象徴している。

ブラウニングの短詩「ピパの歌」については、富士川義之氏の訳詩集『ブラウニング詩集』(岩波文庫)の注釈を引用させて頂く。劇詩『ピパが通る』(一八四一)は、北イタリアの小さな町アソロを舞台とする、四部構成の一幕劇であり、第一部の朝の場面、第二部の真昼の場面、第三部の夕の場面、第四部の夜の場面と一日の時間が流れてゆく。

可憐な少女ピパが年に一度の休暇である元旦の朝に、丘の上の邸宅の前でうたう無心の歌。邸内では、前夜、主人のルカが妻オティマとその愛人ゼーバルトによって殺害されていた。ピパの歌を聞いたゼーバルトは強い良心の呵責にせめられて自害し、オティマもまた男の冥福を祈りながら彼のあとを追う。最後の2行はピパの無心さを表わしており、従来しばしば指摘されてきたブラウニングの楽天主義的な人生観自体のストレートな表明ではないとする解釈が近年では有力。劇中歌としても読むべきである。

（二六―二七）

両親を失い、絹の紡績工場の女工として働くピパ（フェリッパ）は美しい春の朝、朝陽と共に目覚め、年に一度だけの休日を思う存分楽しもうと思う。孤独な娘は神様の恩寵を心から賛美し、町の狭い通りを「ピパの歌」をうたいながら歩いてゆく。彼女はアソロの町で最も幸福な四人を思い、朝、昼、夕、夜の四回にわけ、自分もそれらの人々になったつもりで一日を楽しもうと思う。

比喩的に、ピパは四つの愛に接近する。第一部の朝の恋人の愛、第二部の真昼の夫婦の愛、第三部の夕の母親の愛、第四部の夜の神の愛である。ピパは罪を知らない無垢な少女で、多様な悪に病む現実（第一部の殺害、第二部の詐欺と嘲笑、第三部の暴政、第四部の恐喝）に接近する。もちろんピパが無意識の中で最終的に選ぶのは神の愛である。

劇詩第一部、向こうの丘の中腹に華麗な邸宅が見える。それはピパが働く紡績工場の経営者ルカの邸宅である。ルカの妻オティマはドイツ人の音楽家ゼーバルトと不倫関係にある。老いたルカはゼーバルトによって前夜に殺害されている。その死体を前にするゼーバルトは、恩人殺害というに大罪に打ち震え、後悔の念を深めている。オティマは、甘言を弄し、弱気になっているゼーバルトを元気づける。ゼーバルトとオティマの口論が続く中、外をピパが通る。善良な少女の清らかな歌声が二人の犯罪者の耳に聞こえてくる。
それは春の光景を巧みに描く次の八行詩である。

時は春
春の朝です。
朝は七時、
丘辺には真珠の露が光っています。
雲雀は空を舞い、
かたつむりは茨を這う。
神様は天にいます——
天下泰平、天下泰平!

（富士川義之訳）

この第一部の朝の場面では、「神様は天にいますだと!」と「ピパの歌」を聞いたゼーバルトのセリフがこの直後に続く。このピパの無垢の歌は、雷のように彼の魂を揺さぶり、彼の汚濁の沼の淵に眠っていた良心が目を覚ます。ゼーバルトは良心の呵責に耐えられず、厚化粧の醜悪なオティマの顔から目を逸らし、この毒婦を憎悪し呪い、自害する。オティマもすべての罪を背負い、愛人の跡を追い自害する。この二人は自らの死によって精神的に救われる。この幸せな邸宅の惨劇と罪人の改心など知る由もなく、ピパはただ通りすぎてゆく。

第二部の真昼の場面、ピパはオルカナの谷を越え、花嫁フィーネを迎えるフランス人の彫刻家ジュールの家に近づく。ヴェニスからやって来た美術学生たちはジュールへの嫉妬心から詭計を案じる。学生たちはフィーネを文学的才能に溢れた令嬢に仕立てるため、彼女のラブレターを偽造し、ジュールを騙し結婚させる。式を終えて帰宅するとジュールはフィーネが実は無教養で卑しい身分の娘であると見抜き、花嫁に慰謝料を渡し家から追い出そうとする。その時に、ピパがうたう歌が聞こえてくる。ジュールは気づく。フィーネは自分の許から離れたら生きてゆけない気の毒な存在であると。ジュールは彼女を優しく労わり生きようと決意する。ここでも通りすがりのピパの歌がその無意識的癒しの霊力を発揮し、この新婚夫婦の和解が成立する。フィーネは救われ、ジュールの幸福が約束される。ジュールは、人が求める至宝は全て身近に、人の手中にあること、「明珠在《みょうじゅ》掌」を知る。

第三部の夕方の場面、イタリア人の愛国者ルイギが丘の中腹にある小塔で母親と会う。母親は息子の暴挙、オーストリアの皇帝の暗殺計画を止めさせようと説得を続ける。息子は明朝まで母と一緒に居ようと思う。そこに、昔の名君を称えるピパの歌が聞こえてくる。ルイギには、その歌がまさしく「神の声」と聞こえ、彼は愛国の熱情にかられ、急いで小塔を去り、何処へともなく姿を消す。その夜、追跡してきたオーストリア警察が彼を逮捕することになっていたが、最後に彼は追手から逃れられたのである。

最終の第四部の夜の場面、カトリックの高位聖職者が町の教会堂に隣接する建物に宿泊する。その近くにピパがやって来る。この高徳であるはずの司祭は実はピパの叔父である。建物内で叔父は執事と密談中で、ピパの父の死に関与している執事は彼女の遺産を横領している。執事はピパをローマに売り飛ばし殺害しようと司祭に持ちかける。この悪事に同意しかける叔父はピパの無垢の歌を聞き、良心に目覚め、執事を逮捕させる。夜の静寂を破り聞こえてくるのは「突然、神様は私を召された」という歌の結びの言葉である。ここで、叔父は正気を取り戻し、ピパは我が身に降りかかる悲劇を回避する。

それぞれの場面でピパがうたう歌は、無意識のうちに、病める者を救済し和解させる。ピパのそれぞれの歌が、いや、彼女自身の存在が、神聖で無意識的影響を世界に与える。そして帰宅したピパは眠りにつきながら「全ての奉仕は神の眼にはみな同じ／最も善いものも悪いものも、私たちはすべて神様に操られる人形にすぎない。／あとの者も、まえの者もない」と言う。

この稚拙な摘要では『ピパが通る』の複雑な心理劇の説明にはならないが、作品に一貫する理念は、神の前で、人は上下貴賤の区別も善悪の区別もなく、人の「全ての奉仕は神の眼には同じ」であるという万物同根の信念である。それぞれの環境において、人の生はその創造の中心にある。『ピパが通る』の劇中歌「ピパの歌」はこの劇詩の序曲として、人間の純粋な愛を擁護している。「ピパの歌」は平凡な朝の光景の単なる羅列ではなく、その光景の中に生きていることの驚きや幸福を見出す敏感な詩的才能を称えている。凡庸なもの、平凡な何気ない日常、ありふれた出会いの中にこそ、価値と深い意義がある。

全てのものが世界と調和し、予期せぬ歓びや驚きが日常の中に隠れている。それはエリオットが『四つの四重奏』に描く日常の時間の中に隠された無垢の幸福と喜びの発見である。「またプールは光線の水に満たされていた／また静かに静かに睡蓮が生え出した／その表面は光の心髄からきらめいた／また私たちの後ろにいた彼らはプールに写ってみえた／それから雲が通過したのでプールは空になった／鳥は言った。行ってごらん。葉陰に子供が沢山いた／はしゃいでいたが隠れん坊だから笑いをこらえた／行ってごらん、行って行って、と鳥は言った」（「バーント・ノートン」第一部、西脇順三郎訳）。これは日常の現実の時間と永遠の非時間とが交差する「静止点」を視覚化した一節であり、エリオットは次にこう続ける。「人間はあまり現実には耐えないものだ／過去も未来も／あり得たものも、あったものも／一つの終りを指す、それは永遠に現存する」（西脇訳）。

三　「永遠に現存する」

三六番の作品を書いた翌一八五九年の詩で、ディキンスンはこう書いている。「四季を導いてくれる／平凡な日々を崇めるには／覚えておくだけでいい／あなたや私から／ささいなものが奪われることを／有限と名づけられるものが！」（五五番）。彼女の「快い光景」や「ピパの歌」の平凡な朝の光景はこの「平凡な日々」の光景に他ならないが、日常の時間は「四季」折々の美しさやその喜びを見せてくれる。「有限」である人はやがては「一つの終り」を迎える。過酷な「現実」にあっても「平凡な日々」を大切に生きる意義を、ディキンスンの詩の「私」は、想像上の「あなた」という読者に示してくれる。三六番や五五番にみられる彼女の信念は、命の真実は今しかなく、今、この瞬間を大切に生きる「而今《にこん》」である。この大宇宙の中、「何百もの病者たちが／毎日ここに死に場所を／求めて各地から来る／そして聖なる河に運ばれて／未来の転生を願うのだ」（新倉俊一詩集『転生』）。過去、現在、未来、人はみなこの無数の「病者」の一人である。

一五七

「私には王様がいる、もの言わぬ王様が」
――エミリの詩に聴く太鼓のリズム

平松　史子

一　音が聞こえるエミリの詩

　エミリ・ディキンスンの詩になぜ惹かれるかと問われたならば、「そこに音が聞こえるから」と答えたい。選び抜かれた言葉の音韻そのものに魅力があることは言うまでもないが、硬く謎めいた表現の奥には、詩人が巧みにひそませた音がある。その源を探る試みが愉しいのだ。エミリの詩は、ときに思いがけない音の風景の扉を開き、そこに鳴る音を聞かせてくれる。

　音が聞こえるエミリの詩には、しばしば象徴的な楽器が登場する。ここにあげる「私には王様がいる、もの言わぬ王様が」(一五七番)では、強烈な連打音を放つ「太鼓」が語り手の前に現れる。エミリの「太鼓」は、いったい何を意味するのだろうか。

　古来、遠くまで音を届けることのできる太鼓は、洋の東西を問わず、メッセージ伝達のための手段であった。その音は神聖な儀式に用いられ、魔力を持つと信じられていた。太鼓はメロディを奏でる旋律楽器ではないが、一つの楽器から、音の長短や強弱の差により、表情の異なる様々な音を発することが可能である。しかもその独特の音色は、他のどんな楽器とも替えることができない。エミリの宗教詩と考えられるこの作品に、まずその音を聴いてみよう。

I have a King, who does not speak –
So – wondering – thro' the hours meek
I trudge the day away –
Half glad when it is night – and sleep –
If, haply, thro' a dream, to peep
In parlors, shut by day.

And if I do – when morning comes –
It is as if a hundred drums
Did round my pillow roll,
And shouts fill all my childish sky,
And Bells keep saying 'Victory'
From steeples in my soul!

And if I dont – the little Bird

Within the Orchard, is not heard,
And I omit to pray
'Father, thy will be done' today
For my will goes the other way,
And it were perjury!

私には王様がいる、もの言わぬ王様が
だから、思いをめぐらしながら、おとなしく
とぼとぼ歩いて日をやり過ごす
夜が来れば半分ほっとして眠りにつく
たぶん、夢で客間をのぞきこんでも
そこは昼のうちは閉ざされている

朝になって、客間をのぞき見たならば
百人の太鼓隊が
私の枕をとりかこみ、激しい音を叩いて
私の幼い空をいっぱいにする
私の魂の中のたくさんの尖塔からは
鐘が「勝利」を鳴らし続ける！

そうしなければ、果樹園にいる小さな鳥は
歌を聞いてもらえない
ならば今日、私はお祈りを省いてしまおう
「天にましますお父様、御旨がなりますように」
だって私は別の道を行くのですから
けれども、それは偽りなのだ！

二 「もの言わぬ王様」のいる「客間」

語り手の独白は、第一連の一行目から読者を捉える。「もの言わぬ王様」とは何者か。なぜ話をしないのか。
語り手は「王様」との対面を避け、「とぼとぼ歩いて日をやり過ごす」。夜になれば半ば安心して眠りにつくが、「王様」がいる「客間」には入っていけない。そこは昼のうちは暗く閉ざされ、「王様」と会うことは叶わない。それは語り手が直視できない相手なのだ。

エミリが生きた十九世紀中葉のアマストは、ピューリタンの精神的伝統が色濃く残る保守的な宗教風土の町であった。おりしもマサチューセッツ西部は、回心体験による信仰心の覚醒を強調する熱狂的な信仰復興運動《リヴァイヴァル》の数回目の隆盛期にあり、エミリを除く家族は一八五〇年代に相前後して堅信礼を受け、教会員となった。

エミリは十七歳になる一八四七年、アマストの南、サウス・ハドレーにあるマウント・ホリヨーク女子神学院に入学したが、在学中、院長のメアリ・ライオンから一度ならず信仰告白を迫られた。それに従った級友たちとは異なり、エミリは回心したキリスト教徒として起立することを最後まで拒んだ。一年きりの学院生活ののち、エミリは退学し、アマストに戻ることになる。

「客間にいる王様」とは、エミリがその実在を希求しながらも、カルヴィニズムの厳格な教条に疑いを抱かずにはいられなかった信仰の対象、その名をみだりに唱えることは許されない、沈黙の神である。

「客間《パーラー》」という空間設定には、南北戦争を挟んだ時代、ニューイングランドの小さな町に暮らしたエミリの実生活が投影されている。

アマストの中心部にある広壮なディキンスン屋敷では、通りに面した玄関から入って一階左手、屋敷西側の部分が「客間」であり、手前が「フロント・パーラー」、奥の部屋が「バック・パーラー」と呼ばれる二間続きの部屋である。夏は西陽を避け、冬は寒さをしのぐために、ブラインドは閉ざされており、そこは常に暗い部屋であったという。エミリの存命当時も、ディキンスン記念館として屋敷が公開されている現在も、詩人の寝室は「フロント・パーラー」の真上に位置する二階西側の部屋なのである。

アマスト・カレッジの財務理事で町一番の有力者、国会議員にも選ばれたエミリの父エドワードは、格式を誇るこの屋敷に多くの客を迎えた。エミリ自身の大切な客人達も、限られてはいたが、その「客間」に通された。エミリの精神的支えであったとされるチャールズ・ウォズワース牧師、エミリが詩作の指導を懇願し、長く文通を続けた文芸批評家トマス・ウェントワース・ヒギンスン、さらには晩年、互いに愛情を確かめあったというオーティス・ロード判事も、アマストにエミリを訪ねたときは、その部屋でもてなされたのだ。

三　百人の鼓手による連打音

詩の語り手は、夢の中で「客間」をのぞいて「王様」に対面できれば、と考える。そうすれば素直に信仰告白ができるのではないか。それが叶えば、たちどころに祝福の太鼓が叩かれ、教会の鐘が鳴るのではないか。

ニューイングランドのいたるところにある教会では、建物全体で最も目立つ場所に、天を指す尖塔がそびえている。ディキンスン屋敷の隣には、兄オースティンのイタリア風邸宅「エヴァーグリーンズ」があるが、その真向かいに現存する重厚な石造りのアマスト第一会衆派教会も同様である。その教会の建設に尽力したのは、父と同じく弁護士となり、町の重鎮となったオースティンだった。

だが、「客間」をそっとのぞき見た語り手の耳に届くのは、何と恐ろしい音だろう。寝室にいる語り手の枕を囲むのは大勢の鼓手であり、彼らは一斉に楽器を打ち鳴らし、語り手の空にその音を満たす。

語り手はそれを「ドラム」と呼ぶが、大編成の鼓隊が腰に装着する楽器とは、軍楽隊が行進時に用いる「スネアドラム」である。スネアドラムは、鼓手が木製の細長い撥を両手に持ち、鼓面を連打して演奏する。原文にある「ロール」とは、長い音を得るために高速で鼓面を連打する奏法であり、その音を表記すれば、機関銃の掃射音のごとき「ダダダダダダダ……」という最強音になるだろう。加えて教会の尖塔の鐘は「勝利！」と叫び、甲高く「カーンカーン」と鳴り続ける。それは語り手の魂の内から発する音だという。

仮にそれが現実ならば、耳を塞いで一目散に逃げ出さずにはいられない阿鼻叫喚の音、まさしく狂気の音である。この作品が書かれたのは一八六〇年春頃とされるが、女学院での学生生活を辞め、アマストに戻った十八才のエミリは、信仰告白を巡って、それほどまでに追いつめられ、苦しんだのか。

最終連で語り手は「果樹園にいる小鳥」に姿を変えている。「果樹園」はエミリが好んだ言葉であり、「安息日を教会で守る人もいる／私は家にいて安息日を守る／聖歌隊にはボボリンク／果樹園を礼拝堂の円蓋として」で知られる二三六番の詩にも登場する。

「果樹園」は、礼拝に参加したくてもできない語り手の教会であり、春の到来を歌う小鳥は、語り手の分身である。「客間」に陣取る「王様」に、小鳥は自分の苦悩を訴え、受けとめてほしいのだ。だが王様は、無言のまま語らない。語り手は「お祈りを省く」ことで、せめてもの抵抗を示そうとする。ついに「私は別の道を行きます」と訣別を告げながら、「それは偽りなのだ」という最終行に、読者は再び驚かされる。詩人はここに「偽証」(perjury) という堅い法律用語をあて、一度は吐露した内心を否定している。この屈折した表現は、信仰告白を拒んだ詩人の罪の意識によるのだろうか。

激しく連打される太鼓と、鳴り止まぬ鐘の音。その凄まじい狂気の音のイメージは、信仰に疑念を抱いたまま不本意な祝福を受けることへの、少女エミリの反発と恐怖を如実に語っている。

四　告別説教にとどろく「大太鼓」の音

エミリの「太鼓」は、「葬式詩」と呼ばれることのある三四〇番にも登場する。「私は自分の脳の中で葬式を感じた」と、臨死体験を語るかのようなこの作品は、その真の主題を解明しようとする内外のディキンスン研究者達の論考に、たびたび取り上げられている。

ここでは第二連に「太鼓」が登場する。

皆（弔問客たち）が席に着くと
告別説教が太鼓のように

鳴り続け、鳴り続けて、
ついには精神が麻痺していくようだった

この場合の「太鼓」とは、「大太鼓」、すなわち巨大な楽器本体から重量感のある低音が発せられる「バスドラム」であろう。それを打つ道具は、分厚い綿で先端をくるまれた太い撥である。広い鼓面を持つバスドラムは「ドーン……ドーン」と低い音が鳴る。長い間隔をおき、地を揺らせて響く、深い音。それは語り手が世界の底へと墜落してゆく、スローモーションの音である。

「葬式」、「柩」、「宇宙が鳴り始めた」と、虚無と死のイメージに溢れる作品だが、これはエミリの「音」に対する超絶主義的感覚を語る詩でもある。第四連で詩人は、自らの聴覚を描いている。「天のすべてが一つの鐘になり／私の存在はただ耳だけとなり／私と沈黙は、おかしな仲間となって／難破し、孤立して、ここにいる」。

認識のための視覚を重んじたエマスンは、「私は一個の透明な眼球になる」という有名な一節を『自然論』（一八三六）に記したが、その弟子のソローは、自分の耳を第一の感覚器官として、コンコードの自然と文明を探求した。『ウォールデン』（一八五四）の「音」の章では、何種類もの野生の鳥の声を聴き分け、湖畔の鉄道を走る汽車の警笛や轟音を、劇的に、鮮やかな光彩とともに描き出した。『コンコード川とメリマック川の一週間』（一八四九）の終章「金曜日」においては、音と沈黙を対比熟考し、「最も優れた言葉は、最後は沈黙となる。……あらゆる啓示は、沈黙を通してなされてきた」と述べている。

「私と沈黙とは、仲間になる」というエミリの詩行は、アマストのエミリからコンコードのソローに宛てた、共感のメッセージのようだ。

五　丸い太陽と地球のティンパニ

ここまでの「太鼓」とは対照的に、エミリには、善なるものとしての「太鼓」を、丸い「太陽」と「地球」に結びつけて描いた作品もある。一〇九五番、四行二連の短い詩で、ここでも第二連に「太鼓」が登場する。

太陽がその驚くべき家から
現れるのを見たとき、
どの戸口にも善き一日を、どの場所にも、
善き行いを残していくのを見たとき

名声を得る出来事はなくとも
騒がしい事故はなくとも
地球は私には　幼い少年たちに追いかけられる

太鼓のように思われた

一八五三年春、エミリは妹ラヴィニアと共に、アマストに来演した「ドイツセレナーデ楽団」(Germania Serenade Band)の音楽会を聴いている。その一団の楽器編成やプログラムについて確かな考証資料を得るのは難しいが、打楽器セクションでは「ティンパニ」が用いられた可能性が高い。

球状の天体である「太陽」と「地球」に対し、ティンパニは、全球を水平に真半分に切った形をしている。現代のティンパニには本体を支える金属製の太い脚が周囲についているのでわかりにくいが、脚部を取り外せば、それはまさに大きな半球である。そこからエミリは「太陽」や「地球」を連想したのではないか。

エミリの「太陽」は、「王」や「神」の同義語として解釈されうる言葉である。この「太陽」は、先の、「暗い客間にいる沈黙の王様」とは対照的に、地上に幸いをもたらす聖者である。"Drum" と頭韻を踏む "Day"、"Door"、"Deed" など、大文字のDで始まる語を作品にちりばめたエミリは、当然、"Deity"(神位、神格)や "Divinity"(神)という言葉を意識していたことだろう。暗黒の夜から出現し、「善き行い」を弾むように地上に残していくエミリの「太陽」は、「ぽーん、ぽーん」と、明るく軽やかな音を発するティンパニと、その姿が重なって見える。

六　エミリの小太鼓、「タンバリン」

エミリの愛した打楽器として忘れてはならないのは、中近東に起源をもち、古代からほとんどその形に変化がないといわれる「タンバリン」である。羊皮紙を張った小型の丸い木枠の周囲に小さな金属盤（ジングル）を取り付けたタンバリンは、文語体聖書では「鼓」、新共同訳では「小太鼓」と訳されている。エミリの作品では「音楽家達はいたるところで奮闘する」（二二九番）、「もし一輪の薔薇で人の心を買えるなら」（一七六番）にタンバリンが登場する。いずれも、自ら歌うこととしての詩作という芸術創造の喜びが主題である。丸い楽器をかかげて鼓面を叩き、うち振りながらジングルをリンリンと賑やかに鳴らすタンバリンは、その営みの高揚感を伝えるのにふさわしい。旧約聖書出エジプト記は、エジプト王ファラオの軍勢を逃れ、乾いた海を渡りおおせたイスラエルの人々の歓喜を伝えている。

「アロンの姉である女預言者ミリアムが小太鼓を手に取ると、他の女たちも小太鼓を手に持ち、踊りながら彼女の後に続いた。ミリアムは彼らの音頭を取って歌った。」（十五章二〇―二一節）

百年の後の読者に認められることを願いつつ、約一八〇〇編もの詩を、推敲に推敲を重ね、ひそかに遺していたエミリ。ようやく納得できる作品を仕上げたとき、彼女は、タンバリンを振り鳴らすミリアムさながら、「主に向かって歌え」と踊る心地であっただろう。

エミリが遺した紫水晶のような詩の数々には、独自の生き方を貫いた詩人が、その孤独と苦悩を託した音、喜びと悲しみを歌った音が、そのままに閉じ込められている。それらは「音楽のように目には見えずとも、確かな音として」(三七三番)、はるかな時を超え、今もそこに息づいている。

二七九

「創造されたすべての魂の中から」

武田　雅子

Of all the Souls that stand create –
I have Elected – One –
When Sense from Spirit – files away –
And Subterfuge – is done –
When that which is – and that which was –
Apart – intrinsic – stand –
And this brief Tragedy of Flesh –
Is shifted – like a Sand –
When Figures show their royal Front –
And Mists – are carved away,
Behold the Atom – I preferred –
To all the lists of Clay!

創造されたすべての魂の中から
私は　たった一つを　選んだ
感覚が精神から　削り落ち
そしてごまかしが　終わるとき
現在あるものと　過去にあったものが
別々に　本質として　存在し
そしてこの肉体の短い悲劇が
一粒の砂のように　ふっと吹き飛ばされるとき
人々の姿がその神々しい面《おもて》を表わし
霧が　切り裂かれるとき
見てほしい　目録《リスト》の他のすべての土塊《つちくれ》よりも
これぞと　私が選んだ原子を！

本詩篇は、他のディキンスンの詩「魂は付き合う仲間を選ぶと／扉を閉じてしまう」で始まるものと内容や表現の上で類似するところがあり、いずれにおいても、一つ選んだわけだが、それは、恋人か、それとも神か、また詩かと議論が分かれる。一つの詩が、恋愛詩にも宗教詩にも読めるという、ディキンスンの持つ大きな幅である。ただし、本詩篇では、最初に「創造されたすべての中から」とあり、これは「神によって創造された」ということだから、選ばれたものが「神」というのは矛盾することになる。さらに、最後の「すべての土塊のリストを排して選んだこれ」という箇所は、「すべての土塊（などというつまらないもの）とは本質的に違う、詩という純粋なもの」と解することもできるが、ここは、選んだものも土塊（つまり人間）と読みたい。土塊から作られた人間と、最初の行の背後にある創造者としての神という聖書の世界が枠組みを作っている。また、「魂は付き合う仲間を選ぶと」の詩は、終わりで「関心の弁を閉じてしまう／石のように――」とあって、最後は墓石を思わせ、冷たい印象で終わるのからすると、こちらの方は、決然としている点では同じだが、「見てほしい」と、何か熱いものを感じる。ここには愛する人への思いがある。と以上のことから、この詩を「愛の詩」と読んだのである。

現に私は、ディキンスンの愛の詩ばかりを集めて訳詩集を作った時、この詩も採用した。

愛の訳詩集を作ったのは、とにかく愛の詩と読めるものは全部採り上げて、その全体像を前にして、ディキンスンの捉えている愛というものを考えてみたかったからである。愛の詩を集めたという話をしたところ、アメリカの友人のディキンスン学者は、「ディキンスンの初期の編集者がしたのと同じ間違いを犯すの？」と非難めいた冗談を言ったのだが、私の中では自分のしたことは、それらの編集者とは一線を画していると思っている。彼らは、ディキンスンの詩を発表するときに、ディキンスンが自分の詩にほとんどの場合タイトルをつけなかったので、読者が理解しやすいようにと、「愛」や「自然」や「時間と永遠」といったテーマごとに分類した。友人が非難したのは、ディキンスン自身がそう分類しなかったのに、それぞれの詩のテーマが他者によって決められてしまったことを言っている。この時は、ディキンスンの全作品が公表されていない時期で、一部のみだったこともあり、例えば、「愛」の詩が、彼ら編者の提示したものだけという印象を与えかねないという問題点は確かにあった。

それで、私の訳詩集では、全作品から、私の判断で愛の詩と見做したものはできるだけ入れるということで、これはディキンスンの愛を考えてみたいという、あくまでも一つの試みだった。「私の判断で」と入れたように、ここでいろいろな論を参照したとはいえ、あくまでも「私の」ささやかな試みだった。愛の詩を集めるということに、特に理由はなく、ディキンスンのいくつかの愛の詩に出会って惹かれていくうちに、他にどのようなものを書いているのか、すべて見てみたいと思ったからである。その後、海がテーマのもの、家がテーマのもの、太陽がテーマのものなどを集めてみたが、これはもっとたくさんのテーマ（自然にしても、花や鳥、ミツバチなど、またそれこそ大きな抽象名詞「死」「神」などもある）で試みれば、一つの詩が、さまざまなテーマで採用されることになり、よりディキンスンの全体像が浮かびあがるのではないかと思われる。例えば本詩篇も、生と死や、あの世（また天国）という分類をしても、採られるべきものである。

さて、愛の訳詩集をまとめようとしたとき、その過程で、おなじ愛の詩でも、傾向があることが分かり、分類してみた。一篇ごとに解説をつけると読みを規定してしまうことになるので、こうして同じ傾向のものの中で、お互いが照らしあってくれるものがあるだろうと考えたのである。それは、例えば、愛が叶って結婚し、自分を妻と呼んでいるもの、結婚や妻という言葉なしに愛の喜びをうたったもの、別離の悲しみ・諦めといったものなどという分類である。ディキンスンは、「詩の中の私は、この私ではなく、想像上の人物です」と言っていて、本人は現実に結婚しなかったのだから、この分類による「結婚・妻」部門は、詩的真実ではあっても、現実においては願望であるといってよい。一つの解釈では、この欠乏状態が、創作のエネルギーとも考えられ、従って、実は、別離の詩の方が、その切実感で、吸引力は強いと言えるかもしれない。今回「好きな詩」として本詩篇を選んだのは、途中の生から死へのディキンスンらしい描写の数々に惹かれたというのもあるが、やはり最後の断定する爽快感が、珍しいと言ってもよいほどだからであった。しかし、これとても、こう言い切ってみたいという深い渇望に裏打ちされたものであるのかもしれない。分類したのもこうしたことを考えるための、あくまで便宜上の出発点だと改めて思ったのだった。

そして、さらにこの訳詩集の愛の詩をすべて選んだという前提を揺るがすことがあった。

ディキンスンの読みにもフェミニズムの嵐が押し寄せて、以前は、どちらかというと、変わった論としてはずされていた感があった、ディキンスン・レズビアン説が言われるようになったのである。あまりその極端は採らないにしても、愛の詩というとき、相手が明らかに女性と思われるものや女性に宛てたものなどは、意識的にせよ、無意識にせよはずしていたことに気付いた。それで補遺として、こうした詩も訳してまとめたが、優にもう一分類をなし、ディキンスンの愛の世界の見通しがいっそう広まったと言える。

さて、最後に、選んだ恋人を「原子」と呼んでいて、愛の世界に科学を持ち込むところがディキンスンらしい——というか、そう読みたいがためにも、これを愛の詩と考えたかったのである。愛を、商業や科学といった、お門違いの分野の言葉を使って表現するというのは、シェイクスピアなどもお得意で、ディキンスン独自ではないのだが、最後に一言だけ持ってくるところが、実に効いている。ところで、エマスンの「シジュウカラ」の詩の中で、小鳥を「原子」と呼んでいるのに出会った。極寒の地で、死の恐怖と戦っているときに、この鳥の健気さに心打たれるのである。当時の科学において、「原子」が最小単位と考えられていたからであるが、つくづくこの二人の詩人が同時代人であることが単語一つで、思い知らされた。さらに、ディキンスンの使い方の鮮やかさも再認識したのであった。

詩こそは、言葉の精髄と言われるだけに、翻訳すると消えてしまうことは多い。ディキンスンの場合、自分から詩を発表したことはないので、読者のことをあまり考慮に入れず、実に大胆に言葉の実験をすることができた。非常に独自の言葉遣いをして、それが魅力でもあるが、翻訳をする際、一筋縄ではいかないケースが多々ある。破格の英語を使っているからと言って、破格の日本語にすると、意味そのものが何を言っているかわからない。かといって、ごつごつとした英語を、意味の通りやすいなめらかな日本語にしてしまうというのも問題かもしれないことになる。なめらかな英語でないから、引っかかりつつ、意味を考えて注意深く読まねばならないところが、すらっと読めてしまうということになるからである。また、あえて、文法上、いろいろな読みができるという書き方をしている場合もある。

　そうした、複雑な翻訳の問題を抱えたものからすれば、本詩編は、あまり問題はない方かもしれない。特に頭を悩ませたのは、最後から二行目の「見てほしい」くらいであろうか。これは、原詩では“Behold”となっていて、文語調の言葉で、詩などでは時に出てきて、注意を喚起する言葉であり、「見よ」と訳されることが多い。だが、先の項目で述べたように、ここに熱い思いを感じるからには、「見よ」は、突然この文語を出されると、どこか引いてしまう。「ほら」は軽すぎるし、ここでは弱い女性の感がある。それで、少し長くなるが「見てほしい」にし、そしてその勢いに対応するように「これぞと」と入れてみた。

　一つの言葉を別の言葉にする翻訳の仕事と言っても、実にいろいろで、文学の翻訳、特に詩の翻訳は、同時通訳などとは、重なるところもあるとはいえ、相当違う能力が必要とされるのだとつくづく思う。同時通訳では瞬発力がものを言うが、詩の場合は、時間をかけて、適語を探すということもありうる。自分の経験から例を挙げると、「遅れた娘」を「嫁《い》き遅れ」としたり、「狐の領域」を「狐の縄張り」としたり、ディキンスンが初対面のヒギンスンにディ・リリーの花を持って「私の紹介状です」と言ったのを「名刺代わりです」と訳したのにはそれぞれ、多少なりとも時間を必要とした。ただし、翻訳の実践書を読んでいたら、「全体の訳がたいしてなめらかでないのに、一か所だけ適訳があるのは、下手な翻訳の典型である」という指摘があった。まさに自分のことを言われているようで、恐縮するほかなかった。

本詩篇に内容が似ているものとして「魂は付き合う仲間を選ぶと」で始まる詩を前項で取り上げ、この最後が「関心の弁を閉じてしまった／石のように――」であると引用し、そしてその冷たい感触と、本詩篇の熱さとを対比した。実は、この冷たさというのは原詩では、もっと直接的に伝わってくる。「石のように」というのは英語では“Like Stone”と「石」が最後になるので、「ストーン」という重い響きと共に詩が閉じられ、正に「関心の弁が閉じ」られる思いがするのである。英語と日本語の文の成り立ちの構造上の違いから、これはいかんともしがたい。同じような効果を日本語で求めることはできない。例えば、石を最後に持ってこようとして「その有様は石」とでも訳してみると、どうも日本語としては、落ち着きが悪いということになってしまう。詩の最後というのは、余韻ということでも全体としては、大切な個所なので、一篇の印象そのものに関わる。こうした効果的な最後の単語は、ディキンスンの場合、結構多い。有名な蛇を描いた詩で、最後「骨に零を感じるのです」と終るのも、原詩では「骨」の「ボーン」という重い二重母音が最後である。これも「零を感じる骨」や、せめて骨で終わることができないまでも「骨に感じる零」を考えてみるものの、日本語としては舌足らずな感がある。そもそも「骨に零を感じる」というのが分かりにくいと、普通の表現で「ぞっとする」と訳す場合もあるくらいだが、ここはこの表現がポイントなので、はずすわけにはいかない。となると、せめて、日本語として流れが自然な「骨に零を感じるのです」と、先に挙げたものになった次第である。

本詩篇から離れてしまうのだが、ディキンスンの翻訳というと、取り上げたい興味深い例について書いてみたい。“I'm Nobody”で始まる詩の、特に“nobody”という言葉についてである。ディキンスンは子供との相性がいい詩人と言われていて、子供のための絵本詩集が数多く出ている。そこで、調べた限りでは、すべての本に採り上げられているのがこの詩である。実際、ディキンスンの家を見学に来た子供たちにガイドが解説して、この詩を暗唱して「私は“Nobody”。あなたも“Nobody?”」と問いかけられると、もう彼らはうれしくなってしまって、目をキラキラさせて、ガイドに反応している。彼らはよくわかっているわけではないだろう。この言葉は、多重性を持っているのだが、この詩の第一義としては、あとに出てくる“Somebody”（ひとかどの人間）と対比されて、「無名の、何者でもない取るに足らない者」として出てくる。しかし、子供にとっては、「ボディー（身体）を持たない者」という意味が強いかもしれない。いや、それよりもこれはもっと日常的な言葉で、日本語で「誰も見なかった」というとき、英語では、この通りに言う表現と、「“Nobody”を見た」という表現があり、“Nobody”がまるで実体のある一人の人間であるかのように扱われ、それでいて実体はないという、（ちょっと哲学的な）単語である。あなたもそんな“Nobody?”と聞かれて、子供たちは不思議な言葉の遊びの世界に引き込まれていく。こんな言葉の面白さは日本語にならない。「私は誰でもない」と訳されていることは多く、確かに哲学的な含蓄はあるが、これでは子供が乗り出してこないと、日本語の壁の方を再認識したものである。

私はこれを「私は名無し」と訳していて、これでは子供には受けないというのは明白だし、哲学的な含蓄もない。しかし、こう訳したのは、せめて“Nobody”を、人格は感じさせないまでも名詞にしたかったという思いがあったからである。「名無し」と言えば、以前は「名無しの権兵衛」という表現があった。「権兵衛」は平凡な百姓、田舎者を指す（『広辞苑』では「蔑称」とまで定義している）。「名無しの権兵衛」は、権兵衛という名の方はあるが、百姓なので苗字がない、というより、平凡すぎて名もないということだろう。すると、「名無しの権兵衛」という表現自体、「名無しと言いながら、権兵衛とは言う」という、矛盾を抱えた、何やら哲学的なものと言える。そして、蔑称だとすれば、それを跳ね返して、"Nobody"だと自称することに力も感じられる。何よりも、どこかユーモラスな一人の人間であるところが、"Nobody"にうまく対応する。しかしもちろんこの訳語を使うわけにはいかない。若い人たちは、「名無しの権兵衛」など聞いたこともないだろうし（そういえば、「溺死体」を指す「土左衛門」なる言葉もあった）、それでなくても、突然江戸時代のお百姓が登場しては、おかしなことこの上なしである。ただ、「名無し」と訳しながら、このような言葉の面白さを考えてみたということである。

ディキンスンを読みながら、常に考えるのが、日本人が彼女を読むことの意味である。原詩だけでしか読み取れないことに感銘を受けつつ、何とかこれを日本語にできないかと、狭間で苦しむのも、日本人がディキンスンを読むことの意味の一つではないかと思っている。

〔付記〕本書の先行書の拙稿において触れた「プレーリー香」は、二〇一九年京都ボストン姉妹都市六十周年記念行事の一環として、松栄堂にて香会が持たれた。

三八一

「私は爪先では踊れない」
エミリ・ディキンスンのダンス

朝比奈　緑

I cannot dance opon my Toes –
No Man instructed me –
But oftentimes, among my mind,
A Glee possesseth me,

That had I Ballet Knowledge –
Would put itself abroad
In Pirouette to blanch a Troupe –
Or lay a Prima, mad,

And though I had no Gown of Gauze –
No Ringlet, to my Hair,

Nor hopped for Audiences – like Birds –
One Claw opon the air –

Nor tossed my shape in Eider Balls,
Nor rolled on wheels of snow
Till I was out of sight, in sound,
The House encore me so –

Nor any know I know the Art
I mention – easy – Here –
Nor any Placard boast me –
It's full as Opera –

私は爪先では踊れない
誰も教えてくれはしなかった
けれども、私の心にはしばしば
歓喜が取り憑く

バレエの素養があったならば

ピルエットで、歓喜のほどを遠くまで見せつけ
一座の人々を青ざめさせるか
プリマドンナを悔しがらせたであろう

私は紗のガウンを纏うこともなかったし
髪を丸めて整えることもなかった
鳥たちのように、観客に向けて飛び跳ねることもなかった
片足の爪を宙にひっかけて――

綿毛玉の姿で跳び跳ねたこともなかったし
雪の車輪に乗って転がったこともなかった
やがて、どよめきのなかで私が姿を消すと
劇場の観客からはアンコールが起こる

ここで気楽に語ってはいるが
私が芸を知っているとは、誰も気づいてはいない
宣伝する掲示もないが
私の芸は満ち足りている――オペラのように

この詩は、一八六二年八月、トマス・ヒギンスン(Thomas Higginson)への手紙（書簡二七一番）に同封されていたので、両者の文通という文脈のなかで解釈されてきた。同年四月に、ヒギンスンのエッセイ「若き投稿者への手紙」への返事という形で、ディキンスンは「私の詩が生きているかどうか、お忙しいでしょうが、どうぞ教えていただけないでしょうか」という問いで始まる手紙を送った（書簡二六〇番）。ヒギンスンからの返事は残っていないので、ディキンスンの手紙から察すると、韻律は「気まぐれ」で「抑制がない」と評され、「出版を先延ばしにする」ようにと諭されたようだ。このヒギンスンの裁断に対し「魚のヒレにとっての天空のように、出版は私の気持ちとはかけ離れています」（書簡二六五番）と答え、自らの詩のスタイルを守る姿勢を貫いたことが、唯一無二の詩人ディキンスンを形成することになったと言ってもいい。こうした手紙が交わされた年の夏、わざわざこの詩を選んで送ったということならば、古典的なバレエと、独自のダンスという対照的な比喩を用いて語ることで、ヒギンスンが薦めるような韻律が整った詩は書けないことを伝えていると推測される。

この詩の二行目では、規則に則ったダンスを「誰も(No Man)教えてくれはしなかった」と告げている。ヒギンスンに対し表向きは、整った詩の形を教えて欲しいという態度を見せながらも、実はもう文通の最初の段階から反逆的であったということになる。手紙においては頼りなく非力な自己を演出しながらも、同封された詩においては独立した自我を称揚するという二律背反は、ヒギンスンとの文通においてしばしば見られる。また自己卑小化の語りは、ときに大胆さを覆い隠す修辞と思える場合もある。たとえば、ヒギンスンに「私の姿はミソサザイのように小さい」（書簡二六八番）と目立つことなく控えめな姿を伝えていたが、一方で、ディキンスンがどのようにミソサザイという鳥を捉えていたかといえば、人目につかない高いところに巣を作る習性を指して「小さなミソサザイが望むのは／貴族としての地位」と述べ、「すべての鳥の群れのなかで／太陽の周りを踊りながら／これほど歓びにあふれた鳥はいるだろうか」（八六番、一八五九年）と語っている。孤高の歓びをダンスで体現する鳥を、自己表象として選んでいたのである。

こうした解釈のなかでは、冒頭の詩に登場するバレリーナは、女性らしい優美さ、か弱さを漂わせて、男性からの教えに忠実に従う存在として捉えられてきた。一方で、クリスタン・ミラー（Cristanne Miller）編集の詩集『エミリ・ディキンスンの詩――詩人が遺した形のままで』（*Emily Dickinson's Poems—As She Preserved Them*）は、新たな読みの可能性を示唆している。このミラー版は、現在フランクリン版と並存する新たな定本となっている。ファシクル（糸綴じされた草稿の束）を中心に、ディキンスンが遺した草稿に忠実に編集されている。もっとも画期的な点は、詩人自身の草稿に基づく詩群と、他者による書写原稿に基づく詩群とを峻別したことにある。ミラー版では、ヒギンスンへの手紙という文脈ではなく、ファシクル一九（推定制作年一八六二年秋）に収められた詩として読むことになる。ミラーの注を見てみよう。

"glee" "troupe" "prima" "opera" といった言葉は、ミンストレル・ショウや、その劇場を語るときによく用いられていた。鳥のようにグロテスクにジャンプするというのは、一八二八年に初演されて以来人気を博した「ジャンプ・ジム・クロウ」を示唆しているのかもしれない。ディキンスンは一八六〇年の手紙（書簡二二三番）で、自らを「ジム・クロウ夫人」と呼んでいる。（ミラー　七五六）

確かに、ミンストレル・ショウのダンスの楽譜集で有名なものには、『エチオピアン・グリー・ブック』(*The Ethiopian Glee Book*. Boston: Elias Howe, No. 9 Cornhill, 1848) と題するものがあるし、"troupe" は旅芸人の一座を指し、娘役は "prima donna" と呼ばれていた。またショウのかかる劇場は「エチオピアン・オペラハウス」とあだ名されていたという。「ジャンプ・ジム・クロウ」は、白人トマス・ライス (Thomas Rice) が初演した人気の演し物である。ライスは、ある年老いた黒人に眼を止めて観察した。彼の右肩は奇形でつり上がったように見え、左足はリューマチを患って不自由で、膝はねじれていた。彼の姿を模倣して、ライスは顔を黒塗りにし「一回回るたびに、ジャンプ・ジム・クロウ」("Ebery time I weel about, I jump Jim Crow") と歌いながら踊ったという（トール　二八）。また特定のモデルがあったわけではなく、南部農園での民謡に合わせた黒人たちのダンスを基にしていたという説もある（ハモン　一九九八、一八一―八二）。いずれにせよ、ミンストレル・ショウでは、白人が黒人として偽装することで、ダンスや芝居を通じて黒人文化を揶揄、嘲笑し、白人の観客を楽しませていた。ライスはわざと途中でダンスを止めて、アンコールをせがみ、また踊り始めることを繰り返し、観客を熱狂させたという（ハモン　二〇〇三、九三）。ミラーが示唆するように、この詩で登場するバレリーナがミンストレル・ショウの踊り子だとするならば、「鳥たちのように……片足の爪を宙にひっかけて――」という仕草は、優雅さとは無縁で、観客の笑いを誘う「ジャンプ・ジム・クロウ」のように、面白おかしく「グロテスク」なハイライトシーンとなって浮かび上がってくる。

また一八六〇年の手紙とは、地元の新聞「スプリング・フィールド・リパブリカン紙」の編集者サミュエル・ボウルズ (Samuel Bowles) に宛てられた次の一節への言及である。八月の初め、アマスト大学卒業式祝賀会の様子を記事にするために、ディキンスン家をボウルズが訪れていた時のことである。

> 私はとても恥ずかしいです。今晩の振る舞いは間違っていました。……もうあなたのささやかな友人としていただけないのかと案じていますが、私はジム・クロウ夫人なのです。ご婦人方を嘲笑して申し訳ございません。（書簡二二三番）

「ジム・クロウ夫人」と名乗るとは、ミンストレル・ショウの一座の団員のように、お上品なご婦人方を前にして、野卑で粗忽なはしゃぎ方をしたことを告げたのだろうか。たとえば即興で風変わりな曲をピアノで弾いて皆を当惑させたのかもしれない。あるいは、ご婦人方の俗物ぶりに嫌気を感じ、もてなすことなく身を隠してしまったのか。いずれにせよ、親しいボウルズに向けての軽口であったとはいえ、自らを社会から疎外された異端者であると位置づける時に、「ジム・クロウ夫人」なる言葉が思い浮かんだのは、黒人文化への興味を示す稀有な例である。ディキンスン家には黒人の使用人もいたので、実際にミンストレル・ショウを観たことはなかったとしても、よく使われていた楽器バンジョーの音を聴いたことはあったかもしれない。たとえば、人間の営みとは関係なく、季節は移り行くことを謳った詩では、「カルヴァリーの丘を過ぎるからといって／ブラック・バードはバンジョーの音を弱めない」（六八六番）と、無頓着で陽気な鳥の声を形容している。また、ミンストレル・ショウのダンスに大きな影響を与えたと言われる「アイリッシュ・ジグ」を踊り出しそうになったこともあった。一八五八年十一月一三日初雪の日のことである。最初は雪のひとひら、ひとひらを数え、その様子を書き留めしようとしたが、いつしか雪のダンスに誘われ鉛筆を置いた。「雪はとても陽気に浮かれだし／私は堅苦しく構えるのをやめた／先ほどまで落ち着き払っていた十本の私の足指は／ジグを踊ろうと整列している！」「アイリッシュ・ジグ」は上下に激しくステップを踏むダンスである。使用人にはアイルランド系もいたので、実際に見たことがあったかもしれない。

冒頭の詩においては、一座の団員という本当の「ジム・クロウ夫人」になれずとも、彼らの浮かれぶりに負けないぐらい、私も「歓喜」に満ちて踊っていると伝えているようだ。一七行目に到り、いつの間にか「私」はどこかの「劇場」（"The House"）に居てアンコールを受けている。そして、その「劇場」は「あの［ミンストレル・ショウの］オペラ座と同じくらい満員」というのが、もう一つの最終行の解釈となろう。"It"が"The House"を指すとした場合である。このように、ミンストレル・ショウを想像しながら読むと、この詩の解釈は微妙にずれてくる。観客に媚びるための芸を取得した踊り子と、自らの芸を人知れず身につけ心弾ませて一人踊る姿との対比が、より鮮明となってくるのだ。権威に対する反抗という対立の構図は薄れ、むしろ、他者に向けてのダンスか、ただ自己に向けての自発的なダンスかという、観客の有無に焦点が合わされていく。

拍手喝采しアンコールをねだる観客といえば、一八五一年「スウェーデンの歌姫」と呼ばれ、絶大なる人気を誇っていたジェニー・リンド (Jenny Lind) の公演を隣町ノースハンプトンで観た時のことが思い出されていたかもしれない（書簡四六番参照）。記憶から鮮やかに呼び覚まされる観客の熱狂の記憶を、心の内なる世界に取り込み、「歓喜」に満ちて踊る姿を自ら讃えているようである。「自らが自らの名声を、正当化できるなら／他の賞賛は、すべて余計であり／必要以上の／芳香」（四八一番、一八六二年）と語っていた詩人の自負が漂ってくる。

冒頭においた訳の最終行では、そうした詩人の自己賛歌を響かせてみた。"It"が"the Art"を指すとして、「オペラ」は劇場名ではなく、文字通りの比喩として捉えている。人の声が幾層にも重ね合わせられて創造される世界「オペラ」は、この上なく豊かな音域で劇場を満たす。この詩が書かれたと思われる約一年前、一八六一年六月、敬愛する詩人エリザベス・バレット・ブラウニング (Elizabeth Barret Browning) を追悼する詩でも「オペラ」は登場している。「巨人たちが壮大なオペラを／練習しているのかと思った／／日々は力強い韻律に合わせて歩み／平凡極まりないものを飾り立てた」（六二七番）何気ない身近な自然の音を、力強く豊かな音に変容する芸術の力を「壮大なオペラ」（"Titanic Opera"）と評していたのである。ディキンスンは、このブラウニングのように、自らもまた溢れるばかりのエネルギーに満ちた「オペラ」を奏でる「芸」をすでに手中にしていると伝えているようだ。この大胆な告白の前には、軽い語りが添えられていることも面白い。さらりと、ここで述べてはいることは、実は誰にも知られていないというのだ。無名である「私」がこの世から姿を消した時、観客は喝采を送ることになると、未来の読者を予言しているようにも聞こえてくる。

晩年一八八一年頃、広告紙の裏にディキンスンはこう走り書きしている。「血は息よりも、眼を引くもの／しかし、息ほどダンスはうまくない」（一五五八番）。躍動感ある独自のダンスを披露する冒頭の詩は、詩人の伸びやかな息づかいを伝えている。ヒギンスンには、「生きている」詩の見本として送られたのであろう。ミラーが指摘するように、そこにはミンストレル・ショウがもてはやされていた時代の息吹も反映されていたのかもしれない。ディキンスンの草稿を見ると、「連」（"stanza"はイタリア語で部屋を意味する）に行儀よく収まらない自由奔放な筆跡に、踊り回るような高揚感が宿っている。［ミラー版詩集は、Emily Dickinson Archive とリンクし、草稿へのアクセスを一般の読者へと開いている（www.dickinsonpoems.com 参照）。］その奏でる音域は絶望から歓喜まで幅広く、まさに「オペラ」のように満ちたりている。

引用参考文献

＊Johnson, Thomas and Theodora Ward, editors. *The Letters of Emily Dickinson*. Harvard UP, 1958.［本文における書簡の番号はこの版による。］

Lhamon, W. T., Jr. *Raising Cain: Blackface Performance from Jim Crow to Hip Hop*. Harvard UP, 1998.

Lhamon, W. T., Jr. *Jump Jim Crow: Lost Plays, Lyrics, and Street Prose of the First Atlantic Popular Culture*. Harvard UP, 2003.

Miller, Cristanne, editor. *Emily Dickinson's Poems—As She Preserved Them*. Harvard UP, 2016.

Toll, C. Robert. *Blacking Up: The Minstrel Show in Nineteenth-Century America*. Oxford UP, 1974.

四六七

「厳かなことだ、魂のなかで」
——ふたつの成熟

江田　孝臣

A Solemn thing within the Soul
To feel itself get ripe –
And golden hang – while farther up –
The Maker's Ladders stop –
And in the Orchard far below –
You hear a Being – drop –

A wonderful – to feel the sun
Still toiling at the cheek
You thought was finished –
Cool of eye, and critical of Work –
He shifts the stem – a little –
To give your Core – a look –

But solemnest – to know
Your chance in Harvest moves
A little nearer – Every sun
The single – to some lives.

厳かなことだ、魂のなかで
それ自身が熟れ、金色にぶら下がるのを
感じるのは。その間、ずっと上方では
創造主の梯子は動きを止め
はるか下の果樹園で
きみは「存在」が落下するのを聞く

すばらしいことだ、太陽がまだ頬に
骨折っているのを感じるのは
きみはもう仕上がったと思ったのに
冷静な目をして仕事にうるさい彼は
軸をちょっと傾けて
きみの芯に一瞥をくれる

(四六七番)

でもいちばん厳かなのは
きみの収穫される日が、日毎に
ちょっと近づいたと感じること
一日で収穫される命もあるのに

あまり論じられない詩だが、ニューイングランドらしい、いい詩だと思う。農業地帯に生れた詩人ならではの作品ではなかろうか。果樹栽培についての知識が活かされている。

やや分かりにくいのは、魂（"Soul"）の成熟を、果実（林檎）の成熟のメタファーで語っている点である。さらにこの詩を難しくしているのは、魂の成熟と、それが生み出す詩の成熟とが同一視されていることである。三つ目の難解さは、話し手（speaker）と「きみ」（"You"）と「存在」（"a Being"）の正体と関係である。

原詩の出だしの三行を散文化すれば"It is a solemn thing to feel the soul to get ripe and hang golden within itself"となる。「魂のなかで／それ自身［魂］が熟れ／金色にぶら下がるのを／感じる」のは「厳かなことだ」だと言っている。"solemn"は深みのある言葉だ。魂の成熟が神聖な出来事であることを暗示している。「金色にぶら下がる」は、林檎の実の成熟になぞらえたメタファーである。日本で一般的な赤い林檎のイメージとはやや異なる。大きさもニューイングランドの林檎は小ぶりである。黄金の林檎はまた、「アタランテとメラニオンの速足比べ」や「パリスの審判」といったギリシア神話も連想させる。

魂の成熟が神聖であるという暗示通りに、次に「創造主」("The Maker")への言及が続く。ただ創造主自身が現われるのではなく、その「梯子」("Ladders")が「ずっと上方」で動きを止めるのである。これは、かなりの奇想(conceit)だ。梯子は、果樹園で用いられる梯子のイメージも喚起するが、「創造主の梯子」となれば、当然「ヤコブの幻視した梯子」("Jacob's Ladder" 創世記二八章一〇―一二節)を連想させる。もっとも、ここでは天使ではなく、創造主自身が降臨するための梯子である。それが空のはるか上方で止まるというのは、成熟した魂の「収穫」("Harvest")を一時思い留まる、ということだろうか。

謎々好きの(意地悪な)ディキンスンらしく、すぐに答えてはくれない。続く詩行が「はるか下の果樹園で/きみは「存在」が落下するのを聞く」となっているからだ。話し手の視点は天空から地上に、一瞬のうちに降下する。まるで「ヤコブの梯子」を駈け降りる天使のように。いきなり「きみ」("You")が現われ、成熟した「存在」("Being")がひとつ林檎の木から地面にドサッと落ちる音を耳にする。この「きみ」は誰であろうか。読む者はしばらく迷う。創造主への呼びかけかとも思ってしまうが、第三連に「きみの収穫される日」("Your chance in Harvest")とあるから、「存在」が主ではない。推察するに、話し手が二人称で呼び掛ける同類の相手が誰か近くにいて、「存在」が落ちる音を聞くのだ。おそらくは話し手自身の耳にも聞こえているはずだ。もうひとつ問題なのは、落ちたのは成熟した魂(林檎)に違いないが、"Being"と呼ばれていることだ。その理由は後述する。

二連目は「すばらしいことだ、太陽がまだ頬に／骨折っているのを感じるのは／きみはもう仕上がったと思ったのに」と、一連目と対句を成す言い回しで始まる。“A wonderful [thing] –” は「すばらしいことだ」と俗っぽい日本語で訳さざるを得ない。十九世紀の英語の口語としても俗っぽさはあっただろうが、当然ながら “wonder” には「奇蹟」という聖なる原義もある。ほぼ “Solemn” と同義で使っていると考えた方がよいだろう。

ここで話題になっているのはいったい何か。読み手は、一瞬、第一連末で「落下」した魂（林檎）のことかと思うだろうが、そうではない。落下した林檎なら、太陽がいくら「骨折って」も、それ以上熟れるはずはない。先ほど落下した「存在」（“Being”）は、話し手や「きみ」（“You”）とは別の魂だったのだ。ここでは話し手は「きみ」の魂の成熟について話しているのだ。「きみはもう仕上がった」すなわち「成熟し終わった」と思ったにもかかわらず、太陽はまだその「頬」をより赤くしようと「骨折っている」と言っているのだ。自分の成熟具合は自分には分からない。だから他者（他の実）が教えてやるのだ。

複雑で分かりにくくなった。いったん整理しておこう。この詩に登場するのは話し手、「きみ」、そして「存在」である。いずれも林檎の実に擬えられた魂である。話し手と「きみ」が落ちる音を聞いた「存在」（“a Being”）は熟れ切って、収穫前に落下した林檎の実（魂）である。

続く三行（第二連後半）によって、読み手はまたしても作者ディキンスンに翻弄される――「冷静な目をして仕事にうるさい彼は／軸をちょっと傾けて／きみの芯に一瞥をくれる」。「きみ」(“You”)の出現にも戸惑わされたが、またしても、いきなり「彼」が登場する。誰であろうか。第一連で、ヤコブの梯子の降下は中断されたのだから、創造主（神）ではないはずだ。「冷静な目」と「仕事にうるさい」、そして「軸をちょっと傾けて／きみの芯に一瞥をくれる」が手掛かりだろう。筆者もこの箇所の解釈には手こずった。結論から言えば、ここには冒頭で述べた、ディキンスンの果樹栽培に関する知識がにじみ出ている。

「軸」(“stem”)は、われわれが普通、林檎の「へた」と言っている部分である。専門用語では果柄あるいは果梗（かこう）と言い、その果梗の周囲のくぼみを梗窪（こうあ）と呼ぶらしい。われわれは俗に「へそ」と言ったりする。「軸をちょっと傾けて／きみの芯に一瞥をくれる」とは、枝についたままの林檎の果梗（へた）を傾けて、梗窪（へそ）の中をのぞき込み、林檎の芯の部分の熟れ具合を見るのだ。梗窪に同心円状の皺が沢山寄っていると、芯に蜜が溜まっていると判断するらしい。あるいは、林檎を傾けて、梗窪とは反対側のへこみ、俗に「お尻」と呼ぶ部分の色で見分けるのかもしれない。黄色くなると芯に蜜が溜まっているとされる。しかし、どのような特徴があれば熟れ切っていると見なすのかは、詩には書かれていない。

いずれにしても林檎の熟れ具合を観察しているのだから、「彼」は第一義には果樹栽培者（農夫）であることは間違いない。だが「彼」が熟れ具合を確かめている果実は、一度も「林檎」とは呼ばれない。代わりに“Soul”, “Being”そして“You”と呼ばれている。林檎をメタファーとして「魂」の成熟について語っていることは自明だが、なぜその林檎／魂が“Being”とか“You”とか呼ばれるのか。

いささか唐突に響くかもしれないが、この“Being”は詩のことである。厳密には、未だ推敲中の未完成の詩（詩稿）のことである。筆者が拙著『エミリ・ディキンスンを理詰めで読む』（春風社、二〇一八年）の第三―五章で徹底的に論証したことである。ディキンスンの幾篇かの作品においては、“my life”や“my being”が一人称単数代名詞（“I”や“me”）の代わりに用いられる。そういう作品では、話し手は人間ではなく、〈推敲途上の詩〉なのである。

詩作品の出来具合が、詩人の魂の成熟を反映していることは言を俟たない。この詩ではそれが林檎の成熟のメタファーで語られている。話し手はその林檎／詩に「きみ」と呼び掛ける。その熟れ具合を観察する「彼」たる農夫は、その栽培者／作り手に他ならない。この詩の作者エミリ・ディキンスンその人である。とすればディキンスンはジェンダーを詐称していることになるが、前述の拙著でも書いたように、“my life”や“my being”が〈推敲途上の詩〉である場合には、詩人は「彼」と呼ばれる男性詩人の仮面をかぶり、ジェンダーを偽っている。

話し手と「きみ」はともに擬人化された〈推敲途上の詩〉であり、擬人化された林檎である。とすれば、詩が別の詩に、はたまた林檎が別の林檎に、自分たちの熟れ具合を話題にして語り掛けていることになる。何ともユーモラスな漫画的、アニメ的な情景ではないか。

このようにメタポエムとして解釈すると、最終第三連の「でもいちばん厳かなのは／きみの収穫される日がまたちょっと近づいたと／感じること」(“But solemnest – to know / Your chance in Harvest moves / A little nearer – / Every sun”）も分かり易くなる。隣の別の林檎／詩に、ずいぶん時間が掛かったが「きみの収穫も日毎に少しずつ近づいている」と教えているのだ。

締め括りの“The single – to some lives”は、多くのディキンスンの詩のエンディング同様、難しい。“The single”は“The single sun”の省略であり、the single day を意味すると解しても許されるだろう。問題は“to some lives”だが、上述したようにディキンスンはいくつかの詩で、“life”を推敲途上の詩の意味で使っている。したがって、“The single – to some lives”は、長い時間をかけて「日毎に」(“Every sun”）成熟する詩もある一方で、「そのたった一日の日照」(“the single [sun]”）を浴びただけで成熟し、完成する詩もあると話し手は羨ましげに言っている、と解釈しておく。

果樹の成熟のメタファーで、人間の魂の成熟と詩の成熟について同時に語っている何とも手の込んだ、しかしながら文字通り豊穣な詩ではなかろうか。

最初の詩では、同じ木に実る林檎（魂、詩）でも、成熟の速度が違っていた。日当たりなどが影響するのだろう。次の詩では、果実の種類が異なると、その成熟の仕方にも違いがあることが述べられる。ディキンスンの果樹についての知識は相当なものだ。

There are two Ripenings – one – of sight –

Whose forces Spheric wind
Until the Velvet product
Drop spicy to the ground –
A homelier maturing –
A process in the Bur –
That teeth of Frosts alone disclose
In far October Air.

（四二〇番）

ふたつの成熟がある。ひとつは目に見える。
その力は球状に旋回し、
やがてベルベットの実が
香しく地に落ちる。
もっと地味な成熟は
毬の中で進行し、
はるか先の十月の大気のなかで
寒気の前歯だけが開示する。

二行目の"Whose forces Spheric wind"がやや難しいが、"Whose forces spherically wind"を端折っ

た詩句だろう。"wind"は自動詞である。成熟を促す力が「球状に旋回し」、まん丸い実を実らせると言っているのだろう。この「ベルベットの実」が何であるのか、筆者には分からない。ベルベット（ビロード）のように柔らかいのだから林檎ではなさそうだ。特定する必要はないだろうが、「球状に旋回する」力という表現は、人が果樹園で手塩にかけて作る果実というよりも、荒々しい自然が作り出す野生の果実を暗示しているように思える。いずれにせよ、見た目（"sight"）で、すなわちその色で熟れたことが誰にも分かる〈派手な〉果実である。最初の詩の"golden hang"も印象的な詩句だったが、この詩の"Drop spicy"もそれに劣らない。

「もっと地味な成熟」のプロセスをたどるとされる二番目の果実は、ほぼ確実に栗であろう。これも野生の果実だ。枝から落ちたばかりの、まだ毬の青い栗の実よりも、森の中にしばらく放置され、霜の降りる十月の到来を待って拾った栗の実の方が美味であることを、ディキンスンは知っている。毬が茶色くなり、自然に割れた栗の実の方が、よく熟れているのだ。

この詩も最初の詩と同じく、メタポエムとして読める。というか、それだからこそ優れた詩なのだ。果実の成熟についての知識をひけらかしただけの詩ならば、文学（芸術）とは言えない。ここでは二種類の詩人が果実に喩えられている。ディキンスンが自分をどちらに見立てているかは、言わずもがなだろう。

最後に、紹介するだけにとどめる三番目の詩の形式は、普段ディキンスンが使うものとは異なる。めずらしくカプレット（二行連、対句形式）を用いている。いっそう歯切れがよい。その簡潔さと軽快感は、とても十九世紀の詩とは思えない。すでに二篇の詩を読んだ読者には、余計な説明がなくとも、この詩が何を言っているのか、かなり分かるはずである。

Best Things dwell out of Sight
The Pearl – the Just – Our Thought –

Most shun the Public Air
Legitimate, and Rare –

The Capsule of the Wind
The Capsule of the Mind

Exhibit here, as doth a Burr –
Germ's Germ be where?

（一〇一二番）

最良のものは隠れ棲む
真珠、正しい者、われらの思想

みな公共の空気を避ける
正統で、希少だから

風神のカプセル
精神のカプセル

ここに展示せよ、毬のように
胚芽の胚芽はどこに?

最後のカプレットの意味するところが、筆者には残念ながら完全には分からない。訳は暫定的なものとお考え頂きたい。"Germ's Germ"は、詩の種子、すなわちインスピレーションの出どころのことだろうか。

これもまたメタポエムである。"Pearl"はディキンスン愛用のメタファーで、詩を表わす。大文字で"Thought"と綴るとディキンスンの場合、これまた詩のことだ。ディキンスンの詩人としての身の処し方、詩人としての覚悟が表れていることも多言を要しない。

筆者の「お気に入り」は第三連の"The Capsule of the Wind / The Capsule of the Mind"である。詩は詩人の息すなわち風を封じ込めたカプセル(植物学用語では蒴《さく》)であり、したがって「精神のカプセル」である。この二行の唯一の違いは、[w]と[m]の音だけだ。訳文でも、それを再現するために、ちょっと「遊んで」みた。

四七九 「私が死のために止まれなかったので」

——その「家」は墓ではない

江田　孝臣

Because I could not stop for Death –
He kindly stopped for me –
The Carriage held but just Ourselves –
And Immortality.

We slowly drove – He knew no haste
And I had put away
My labor and my leisure too,
For His Civility –

We passed the School, where Children strove
At Recess – in the Ring –

We passed the Fields of Gazing Grain –
We passed the Setting Sun –

Or rather – He passed Us –
The Dews drew quivering and Chill –
For only Gossamer, my Gown –
My Tippet – only Tulle –

We paused before a House that seemed
A Swelling of the Ground –
The Roof was scarcely visible –
The Cornice – in the Ground –

Since then – 'tis Centuries – and yet
Feels shorter than the Day
I first surmised the Horses' Heads
Were toward Eternity –

（四七九番）

私が死のために止まれなかったので

死が親切にも私のために止まってくれた
馬車に乗っているのは私たちだけ
それと不死

私たちはゆっくり馬車を走らせた
彼は急いでいなかった
私は放り出していた、労働も余暇も
彼の親切に応えて

私たちは学校を過ぎた、子供たちが
休み時間に輪になって競っていた
こっちをじっと見ている穀物畑を過ぎた
沈む太陽を過ぎた

いやむしろ、太陽が私たちを過ぎた
露が降りて震えと冷えを引き寄せた
私のガウンは蜘蛛の糸織り
私のショールは薄絹だった

私たちはいったん止まった
地面が盛り上がったような家の前で
屋根はほとんど見えない
蛇腹は土の中

あれから何世紀もたったのだ、でも
あの日よりも短く感じる
馬の頭が〈永遠〉に向っているのだと
最初に私が思ったあの日よりも

エミリ・ディキンスンの作品中、もっともよく知られた詩である。この詩を収録していないアンソロジーはない。YouTube などネット上にも、この詩をもとに制作された朗読動画が多数存在する。誰もが分かった気になっているこの詩に、まったく未知の読み（解釈）の可能性があり、しかも、その読みの方が、原詩の語義に忠実であると主張したら、さぞかし驚かれる読者もいるだろう。まずは、現在、浸透している解釈に従って、説明を加えながら散文でパラフレーズしてみよう。

あるとき「死」（死神）が馬車で「私」を迎えに来た。「私」には死ぬ心構えがなかった。だが、「死」があまりに親切で礼儀正しかったので、「私」は断ることができず、「労働も余暇も放り出して」、つまり人生を途中で放棄して、つい馬車に乗ってしまった（「労働」は家事、「余暇」は詩作のことだろう）。

馬車には「私たち」のほかにもう一人、「不死」（不滅 "Immortality"）と呼ばれる存在が乗っている（この「不死」が若い男女のデートに同行する付き添い役［chaperone、通常は年配の女性］に見立てられていることは、ディキンスン研究の初期［一九六〇年代］から指摘されている）。

普通、性急に死者を運び去るはずの死は、急いでいなかった。馬車は「学校」の前を通り、広大な穀物畑の中の道を軽ろやかに進んでいった。時間はあっという間に過ぎて、日が暮れてしまった。「私」は薄着のままだったので、夕暮れの寒さが身に沁みた。

「私たち」は、「地面が盛り上がったような家の前」で止まった。「私」の墓である。「私」はそこに埋葬された。数世紀が一瞬のうちに過ぎたが、いまだ「私」は墓の中で〈永遠〉に向かう旅を続けている。


大方の理解はこのようなものではないだろうか。これはアメリカの一般読者でも大差がない。YouTube の朗読動画にはよく出来たものが多いが、たいてい墓地の場面で終わる。二〇一六年制作の伝記映画『静かなる情熱』(*The Quiet Passion*) でも、ディキンスンの遺体が馬車で墓地に運ばれるエンディングで、この詩が朗読されていた（実際には六人の男たちに担がれて、近くの墓地まで運ばれた）。困ったことに、挑発的な言動で人気のある批評家カミーユ・パリアも、英米詩の権威ヘレン・ヴェンドラーも、第六連の「家」("House") を墓と解釈している (Camille Paglia, *Break, Blow, Burn* [Pantheon Books, 2005], p. 99; Helen Vendler, *Dickinson: Selected Poems and Commentaries* [Harvard UP, 2010], p. 228)。

この解釈を埋葬説と呼ぶことにする。しかしながら、もしこの詩の意味が「死んで、馬車で墓地に運ばれ、埋葬され、墓の中で〈永遠〉の到来を待つ」のだとしたら、一体どこにこの詩の面白みがあるのか、と筆者は問いたい。これでは、普通のキリスト者の、ごく普通の死生観の表明と変わらないではないか。そんな詩をディキンスンが書くだろうか。

ディキンスンがキリスト教を信じていたと、根拠もなく信じたがる素朴な一般読者もいる。しかし、ディキンスンの作品と手紙をひと通り読み、信頼できる伝記、研究書等に目を通した者にとっては、ディキンスンのキリスト教への懐疑は歴然としている。人間イエスには大いなる敬意を抱いていたが、制度としてのキリスト教にはむしろ強い不信感を持っていた、と言ってよい。旧約聖書の一節、復活の教義、三位一体説を、痛烈に皮肉った、あるいは茶化した詩を書いている（一二四番／六一五番／一三三二番）。無神論者ではないが、不可知論者に限りなく近い。

だが、ディキンスンは自分の懐疑や不信を、他人に押しつける人ではなかった。敬虔な信者の信仰心に敬意を払い、純粋な心で信じられることを羨ましくも思った。また、信仰篤い知人、友人の不幸に接しては、キリスト者的な真心をもって慰めた。幼い男の子を亡くした母親のために書いたかのような詩がある。「エデンに向かって歩いて行く坊やに［夢の中で］会いましたよ」と告げている（一〇三一番）。

詩の解釈に戻る。埋葬説によれば、語り手である「私」は墓の中で〈永遠〉を待つ、あるいは最後の審判の日を待つことになる。その場合に問題となるのが第五連の“We paused”という表現である。“pause”の原義は言うまでもなく「一時的に止まる」にほかならない。原義に忠実であろうとすれば、ここでは、「私たち」が再び馬車の旅を続けることが暗示されていると取るのが自然である。馬車の旅がここで完全に終わり、語り手がひとりで、あるいは「死」や「不死」と共に、墓の中で〈永遠〉を待つとする解釈は、“pause”のもっとも自然な語義を歪めることなしには成立しない。

第二に、この“House”が語り手を埋葬するために用意された墓であるなら、常識的に考えて、それは掘りたての墓穴（open grave）でなければならないはずだが、この“House”はまったく反対に“Swelling”（盛り土、塚）のように見えるとある。もし墓であるとしても、これはすでにほかの誰かが、それもつい最近、埋葬された墓と考えなければならない。後で触れるように、語り手を馬車の旅にいざなった「死」がかつての恋人であるとするなら、この墓を最近先立ったその恋人のものとし、間を置かずに死んだ「私」が、これからそこに合葬される、とも取れなくはない。その場合、「私」の死は後追い自殺か、絶望に起因する死ということになるだろう。しかしながら、この解釈は、冒頭における、「死」との思いがけない邂逅（予期せぬ死）と矛盾することになる。また、この“House”は、最近死んだ恋人の墓にしては、あまりに古びている。

第三に、先行する「沈む太陽を過ぎた／いやむしろ、太陽が私たちを過ぎた／露が降りて震えと冷えを引き寄せた」から、既に日が暮れて夜露が降り始めていることが分かる。埋葬説に従えば語り手は日没後に埋葬されるということになるが、よほどのことがない限り、ニューイングランドにそのような特殊な習慣が行われていたとはおよそ考えられない。この“House”を墓のメタファーと取るくらいなら、語り手の朽ち果てた肉体を暗示していると象徴的に解釈する方が、まだしも矛盾が少ない。

そもそも、なぜこの“House”を字義通り「家」と取ってはならないのか。語り手は明快に「家の前に」(“before a House”) と言っているのだ。なぜわざわざ墓のメタファーと解する必要があるのか。もうはるか昔に倒壊し、なかば土に還りかけている古い家であっても、何の支障もないのではないか。「ほとんど見えない」(“scarcely visible –”) と言いながらも、それが「屋根」(“Roof”) であることを知り、外からまったく見えないにもかかわらず、「蛇腹は土の中」(“The Cornice – in the Ground –”) と言えるのは、取りも直さず、それが「家」であるという認識が語り手にあるからだ。このことは「正しい」解釈にとって決定的に重要だ。埋葬説を信じてきた読者には、この事実を繰り返し考えてみてもらいたい。死神が駆る馬車（霊柩車）が出て来ただけで、反射的に墓地を連想するのは、あまりに陳腐な反応ではないか。

それでも埋葬説を諦め切れない読者からは、ではこの家はいったい何なのか、という疑問が聞こえて来そうである。語り手と「死」がわざわざ立ち寄ったからには、偶然通りかかった廃屋であるはずがない。彼らと何らかの縁につながる家でなければならない。詩の中で読者に与えられた情報だけに依拠して、この線で考えてみれば、誰でもやがては思い当たるはずだ。この家は語り手が生前住んでいた家なのだ。語り手がその最期を迎えた家である。そう考えるほかはない。語り手と「死」は、おそらくは町の周辺をひと巡りして、自分の家に戻って来たのである。そもそも「死」によって連れ出されたこの馬車の旅は、監視役付きの若い男女のデートに擬せられていたではないか。だとすれば二、三時間も楽しい時を過ごせば、自宅に戻るのは当然である。デート相手の「死」が礼儀正しい紳士であったことを思い起こそう。語り手は、たしかに自宅に戻って来たはずなのに、つい数時間前までそこに立っていた自分の家が廃墟と化しているのを見て驚く。だからこそ、続く第六連冒頭で、「あれから何世紀もたったのだ」(“Since then – 'tis Centuries –”)という認識(感慨)が生まれるのだ。廃墟と化したわが家以外に、この詩の中には何世紀もの時間の経過を示す事象はない。この点も決定的に重要である。真っ暗な墓の中にいて、なぜ何世紀も経過したことが分かるのかと問われれば、埋葬説論者は答えに窮せざるを得ない。

また、埋葬説論者は「あれから」(“Since then –”)を「埋葬されてから」と解するのかもしれないが、文法的には「馬車に乗ってから」という解釈も十分成り立つ。ほんの数時間としか感じられない間に何世紀も経過していたというのは、龍宮城の浦島太郎ではないが、この馬車の旅がこの上もなく楽しい、いや、至上の喜びを感じさせるものであったことを暗示している。馬車を駆る礼儀正しく、親切な「死」が、生前の語り手に取っていかなる存在であったかが窺われる。

馬車の停止は一時的に過ぎない。ではこれから二人はどこへ向かうのか。“toward Eternity –”とある。二人は再び至福の遠乗りに出掛け、町の周辺を「永遠に」めぐり続けるのだ、と考えるほかはない。これは、実のところ筆者も予期しなかった、おそろしくロマンティックな解釈だが、詩に書いてあるままに筋道をたどってゆくと、この結論に至らざるを得ない。

この解釈には外的証拠は存在しない。それはこの詩に限らない。ディキンスンは一八〇〇篇近い詩を遺したが、解釈を支える外的証拠が存在する詩はわずかである。

いまだ埋葬説を捨て切れない読者もいるだろう。筆者は、語義に忠実であろうとすれば埋葬説は成り立たないと考えるが、百歩ゆずって、仮に、外的証拠がない二つの解釈が対等に並び立つとしよう。読者には是非とも次のことを考えて欲しい。「死」が迎えに来て、馬車で墓地に運ばれ、埋葬され、真っ暗な墓の中で〈永遠〉を待つという趣旨の詩と、筆者がここまで説いてきた趣旨の詩を比べたとき、詩作品として、芸術作品として、どちらが優れているか、を。

最後の分かれ目は、この価値判断にかかっている。

五一九

「これは世間の人々に宛てた私の手紙です」
――教科書に載ったディキンスン詩

上石　実加子

一　教科書の「ココロ」

ふと、研究室にあった高等学校用の英語の教科書の扉を開くと、前見返しのページ左上に、ディキンスンの詩が載っていた。「これは世間の人々に宛てた私の手紙です」と始まる彼女の有名な詩のひとつである。ページ下にはマーブル模様の装飾が施された便箋と封筒、ガラスペンらしきペンが置かれ、その先に、見開きいっぱいに大草原が広がっている。この教科書そのものが、英語学習者を含む「世間」に宛てた編集者による「手紙」であるというメッセージ性が表紙の前見返し全体から伝わってくるようである。あらためて表紙を見直すと、高等学校外国語科用の文部科学省検定済教科書と書いてある。東京書籍から平成二十五年に刊行された『NEW FAVORITE English Expression I』、つまり「英語表現I」用の教科書である。これからの高等学校学習指導要領は平成三十年三月に告示、令和四年より年次進行で段階的に実施となるが、この教科書は、現在の学習指導要領、つまり平成二十一年度に告示され、平成二十五年より段階的に実施となっている学習指導要領に沿った教科書である。

この教科書には、「英語を表現するココロ」という次のような「はしがき」がある。

英語は皆さんにとって教科の一つですが、それ以前に人間の言葉です。人間の言葉には「カタチ」と「ココロ」があります。「カタチ」とは文構造、文法、単語などのことです。「ココロ」とは、その「カタチ」が持つ「気持ち・姿勢・感覚」のようなものです。人間は、自分たちの思いや考えをだれかにうまく伝えようとするとき、それらに沿った「ココロ」そして「カタチ」を選び、発信していきます。

この最後には、自分の考えや思いに沿う「ココロ」と「カタチ」はどのようなものかと投げかけ、それを選んで発信していくのは学習者自身なのだと結ばれている。文法や英文をただ暗記してスピーチするのではなく、自分の言葉で「ココロ」を語っていく大切さ、これが教科書のコンセプトであろう。

では何故、ディキンスンのこの詩が選ばれたのだろうか。日本では、文学作品が英語教科書に採用されなくなって久しいが、教科書編集委員の中に詩に造詣の深い先生がいらしたのだろうか。早速、東京書籍に連絡をとり、この教科書にディキンスンの詩が掲載された経緯をうかがうことができた。指導者側に向けて書かれた指導書には、ディキンスンの詩について、こう書かれてあった。

彼女の詩は、生前ほとんど人目に触れなかったが、近しい友人たちに、自分の詩の批評を乞うこともあったという。しかし、それは全作品のほんの一部であり、ほとんどが宛先のない読者への「手紙」であったと言える。（中略）さりげない、短い詩ではあるが、「英語表現」の世界へ新たな一歩を踏み出す生徒に贈る詩として冒頭に掲載した。生徒には、これから学ぶ英語表現を駆使して、自信と希望をもって、世界へ語りかけていただきたい。

（指導書　二六）

生前に評価されなかったディキンスンは、しかし、今や、アメリカ最大の詩人のひとりとして評価されるに至る。その詩人の「ココロ」を見習って、この教科書で「英語表現」を学び、世界で活躍できる人材を育ててもらいたい、という指導者側に向けたメッセージであろう。

実は、ディキンスンのこの詩を選んだのが、当時、お茶の水女子大学附属高等学校で教鞭を取られていた作田久美子先生であることを知った。何故この詩を選んだのか、先生ご自身の素朴な思いをお聞きしてみたい。そんな思いから、出版社に取り次いでもらい、作田先生に電子メールで「手紙」をお送りしてみたのである。先生からはすぐにお返事を頂くことができ、次のようにあった。

最近では若者の文学、特に詩に対する興味が低下していると感じ、普段は教科書見開きにはもっと実用的なものを載せるのですが、敢えて詩を載せることにしました。そして女性詩人が取り上げられることは少ないのでディキンスンを選びました。あの詩は難しいのですが、高校生に詩人の孤独感、詩を通して社会と繋がろうという姿勢を感じてほしいと思いました。

先生のメッセージにある「詩人の孤独感」や「詩を通して社会と繋がろうという姿勢」とはどういうものなのか。あらためて、ディキンスンの五一九番の詩全体をみていきたい。

二　詩の「カタチ」と「ココロ」

This is my letter to the World
That never wrote to Me –
The simple News that Nature told –
With tender Majesty

Her Message is committed
To Hands I cannot see –
For love of Her – Sweet – countrymen –
Judge tenderly – of Me

これは一度も手紙をくれたことのない
世間の人々に宛てたわたしの手紙です
優しくおごそかに
自然が語った素朴な便りです

自然の言葉は　わたしが見ることのできない
手に託されます
自然のためにも　同胞のみなさん、
わたしを　優しく裁いてください

最初の二行だけで、「わたし」が、返事をくれない人たちに向けて、それでも手紙を書いているという寂しさやフラストレーションのようなものを感じていることが伝わってくる。詩人は孤独なのだろう。手紙というのは普通、書き手がいて、それを読む相手があって初めて成り立つものである。一方的に「わたし」だけが書いている手紙は、ディキンスンが、密かに書きためていた詩作品そのものを指していることは、すでに指摘されていることである。

ディキンスンが生きた十九世紀という時代は、「手紙」が人々の重要なコミュニケーションの手段となって、手紙を書くことが社会的なブームとなったレター・ライティングの黄金時代と言われる。手紙の書き方に関するマニュアルが出版され、手紙を書くという行為が時代のたしなみの一つとして、社会に浸透していった。こうした流れの中にあって、ディキンスンは一七八九編余りの詩を残したばかりでなく、おびただしい数の手紙を書いていたことでも知られる。彼女にとって詩は手紙であり、手紙は詩であったといわれる所以である。

「これ」は「私の手紙」と始まるこの「詩」は、「世間の人々に宛てた手紙」という「カタチ」をとって、世間に読まれることを想定して書かれた可能性がある（ポラック　一四九）。というのも、特定の個人に宛てた手紙であっても、当時は、手紙を人前で読む、声に出して家族の前で読むことで共有する文化があったからだ。特にディキンスンの文通相手になっていた人々にとっては、ごく普通の習慣であったと言われる（カーク　三四四）。手紙という「カタチ」を取って、この詩は詩人の「同胞の人々」に宛てられている。詩人がそうした人々のいる「社会と繋がろう」という「ココロ」がここにある。

三　孤独の「カタチ」

もう少し詩を読み進めてみたい。「私の手紙」であるこの詩は、「自然が語った素朴な便り」であると言っている。ここには二通りの解釈が存在する。その「自然の言葉」というのを「見えない手」に「託し」ているのは「わたし」である、という解釈と、「自然の言葉」は、「私が見ることのできない手」を媒介にして「わたし」に届けられる、という解釈である。前者の場合、「見ることとのできない手」の持ち主は「返事をくれたことのない世間の人々」となり、「わたし」と「世間の人々」とは遠く隔たっている感覚がある。後者だと、「自然の言葉」がミステリアスなメッセンジャーによって「わたし」に送られるため、「自然」との間に距離感が生まれている。一種のシネクドキ（提喩）が採用されたこの書き振りは、「わたし」が伝えたいと思っている、「自然の言葉」からも、手紙を書くことで、つながりを求めた「世間の人々」からも、「わたし」が遠い距離に置かれていることを表している。ある意味で世間とのつながりを求めた「わたし」の疎外感を、「詩人の孤独感」と解釈することが可能である。

現代社会において、「孤独」は今や世界的な社会問題となっているといえる。二〇一八年一月に、イギリスでは孤独問題を担当する省庁「孤独省」(Ministry of Loneliness) が新設された。孤独担当初代大臣はトレイシー・クラウチである。二〇一六年六月に殺害されたジョー・コックス議員（労働党）が立ち上げた、「孤独委員会」の仕事を引き継ぐものである。高齢化社会や社会不適合など、孤独が心身の健康を損ねたり、職を失ったりすることにつながることもあるなど、孤独に苦しむ人々が急増し、すべての世代に関わる深刻な社会問題となっている。日本では、同年七月に、NHKの報道情報番組「クローズアップ現代」で、若者の「つながり孤独」について特集が組まれたことは記憶に新しい。ツイッターやフェイスブック、インスタグラムなどのSNSが急速に普及するなか、インターネットを通して、いつでもどこでも、そして誰とでもつながることができるこの社会にあって、若者たちが感じる「孤独」、それが「つながり孤独」である。友だちもいる、独りぼっちであるわけでもないのに、知り合いや友だちとのつながりに悩み、苦しむ人が増えている。

集団の中からはみ出してしまうような立場となって感じるひと昔前の孤独とは異なるようにも見えるが、この詩の「詩人の孤独」はどうなのだろう。ディキンスンは、人知れず詩を書き溜め、三十二歳の時に文芸批評家T・W・ヒギンスンに作品の一部を送って批評を求めるも、出版に値しないと評価され、生前にはその詩作品が陽の目を見ることなくこの世を去った、いわば社会から疎外された「孤独な詩人」として理解されることが多い。ディキンスンの伝記的事実に照らし合わせれば、「詩人の孤独」は、一見するとこうした孤独なのかもしれない。だが、生涯どれほど彼女が知人たちと、友人や親類たちと手紙でつながり、その中に詩を添えて交流していたかはよく知られるところである。彼女が受け取った手紙は、当時の習慣に従って、死後に妹ラヴィニアに破棄されたため、我々が目にすることはできないが、文通相手とのとてつもない数のコミュニケーションがあったことは事実である。ならばディキンスンも、当時の文脈でいう「つながり孤独」の状態にあったといえないだろうか。

SNSに日常的につながっていないと不安になる現代の若者たちの日常は、接続過剰なネット社会という言葉で表現されている。過剰なつながり意識から人々が孤独を抱え込むという連鎖は、その「カタチ」こそ違ってはいても、今も昔も共通する人間の人間たる根幹にある「ココロ」なのかもしれない。

四　黙読の「ココロ」／表現の「カタチ」

孤独というと、声がない状況を想起しがちである。ディキンスンの詩には孤独を扱ったものが多いが、彼女の詩に特徴的な「カタチ」のひとつとして、ダッシュを多用していることが挙げられる（ホワイト　九三）。このダッシュの多用は、詩の中に「多声性」(polyvocality) を創り出しているとよく指摘される（グラバー　一〇七）。前述したように、「自然が語った素朴な便り」について書いているはずの「わたし」が、ダッシュに注意を払って読むと、「自然の言葉」を受け取っておらず、「わたしには見えない手」の持ち主に送られたのではないかと解釈できるのはそのためだ。その豊かな多声性は、ディキンスン自身の「読み方」によって獲得された「カタチ」による「ココロ」を呈示してはいないか。

ディキンスンの詩の中で、彼女が手紙をどのように読むかをテーマにした唯一の詩と言われる詩がある。「わたしの手紙の読み方は　こんな風です」（七〇〇番）である。「わたし」の手紙の読み方は、まず「ドアに鍵をかけ」てプライヴァシーを確保し、「それからドアをたたく音を消すために／部屋の最も奥まで離れ」てから手紙を取り出し「ゆっくりと封を開け」る。そして「熟読する」(peruse) となっている。ディキンスンの時代の手紙の読み方は、声に出して人の前で読む文化があったことは先述したが、一方で、黙読 (silent reading) も十九世紀後半には一般的になりつつあった読み方である。ディキンスンの手紙の読み方は、必ずしも黙読であったとは言い切れないが、独り読む力が、彼女の詩に多声性を与えているといえないだろうか。
東京書籍の『NEW FAVORITE English Expression I』の見開きに載ったディキンスンの詩「これは世間の人々に宛てた私の手紙です」は、「英語表現I」をカバーする教科書として、ひっそりと、しかし、豊かなメッセージ性を湛えて存在している。現行の学習指導要領にある目的、すなわち、積極的にコミュニケーションを図ろうとする態度の育成と、多様な場面に応じて、表現の方法を工夫しながら伝える能力を養うという観点は、この教科書の指導書が指摘する四つの方針、「英文法力・ジャンル力・英語表現活動力・『あなた』へ話しかける力を養う」、の最後に提示されている力、すなわち「本当の聴衆」たる「あなた」という「自分」に語りかける言葉を発信できる人材の育成へと収斂していく。

コミュニケーションに関するすべての判断は、「本当の聴衆」つまり「あなた」へ効果的に話しかけるために行うものである。
（指導書　三）

自分の思いや考えを伝えるうえで、自分の考えを的確に表現できているかの本当の聴衆は、その発話を行っている自分自身である。学習指導要領で頻繁に示されるコミュニケーションという言葉は、例えば、道案内を英語で正確に説明する文法や語彙の「カタチ」の習得のみならず、目的地に無事にたどり着いてもらいたい、こう説明すると、より分かり易いのではないかという「自分／あなた」の「ココロ」を伝えるものであろう。教科書に載ったディキンスンのこの詩は、教科書という「カタチ」で、作田先生の言う「詩人の孤独」と「社会と繋がろうとする姿勢」を、現代に生きる学習者の「いま」に通じさせる珠玉の一篇である。

参考文献

Erkkila, Betsy. "Dickinson and the Art of Politics." *A Historical Guide to Emily Dickinson*, edited by Vivian R. Pollak, Oxford UP, 2004.

Grabher, Gudrun, Roland Hagenbuchle and Cristanne Miller, editors. *The Emily Dickinson Handbook*. U of Massachusetts P, 1998.

Kirk, Connie Anne. "Climates of the Creative Process: Dickinson's Epistolary Journal." *A Companion to Emily Dickinson*, edited by Martha Nell Smith and Mary Loeffelhozs. Blackwell Publishing, 2008.

White, Fred D. *Approaching Emily Dickinson: Critical Currents and Crosscurrents since 1960*. Camden House, 2008.

中邑光男他著『New Favorite English Expression I』文部科学省検定済教科書【東書英Ⅰ三〇一】東京書籍、二〇一三年。

五九一

「わたしは蠅がブーンとうなるのを聴いた　わたしが死んだときに」

梶原　照子

I heard a Fly buzz – when I died –
The Stillness in the Room
Was like the Stillness in the Air –
Between the Heaves of Storm –

The Eyes around – had wrung them dry –
And Breaths were gathering firm
For that last Onset – when the King
Be witnessed – in the Room –

I willed my Keepsakes – Signed away
What portion of me be

Assignable – and then it was
There interposed a Fly –

With Blue – uncertain – stumbling Buzz –
Between the light – and me –
And then the Windows failed – and then
I could not see to see –

わたしは蠅がブーンとうなるのを聴いた　わたしが死んだときに
部屋の静寂は
まるで　嵐の高まりの間隙に
大気が孕む静寂のようだった

取り囲むいくつもの眼は　見開かれて乾いていた
そして彼らの息は硬直したひと息に凝縮していた
いよいよ最後の瞬間に　王が現れるのを
その部屋で　目撃しようとして

わたしは形見分けの遺言を遺し　署名をした

わたしのもののどれくらいを
譲渡できるのか　そしてそのとき
まさにそこに蠅が入り込んできた

憂鬱な青い　不確かな　よろめくようなブブブーン
光と　わたしの　間に
そしてそのとき両窓が衰えて　そしてそのとき
わたしが見ようとしても見えなくなった

一　死んだ・死にゆく「わたし」

ディキンスンは死について多くの詩作品を生み出したが、そのような文学的主題としての死への関心は、十九世紀のアメリカ詩にはよく見られた。伝統的な哀歌《エレジー》はもちろん、現代よりも死と隣り合わせの時代状況から死の主題への関心は高まり、十八世紀中頃にイギリスで興った墓場派の詩風をウィリアム・カレン・ブライアントなど十九世紀初頭のアメリカ詩人も踏襲した。実際、『草の葉』(一八五五) 出版前の若かりし頃、あのウォルト・ホイットマンですら墓場派を真似た下手な習作をしていた。また、『草の葉』で新しいアメリカ詩を生み出した中年のホイットマンは死と愛とデモクラシーを主題に多くの作品を創作した。エドガー・アラン・ポーが美女の死を嘆く青年の語りを通して、詩は至高の美を表現するものという独自の詩観を実践したことも、死が重要なモチーフとして活用された例として挙げられる。したがって、死を主題に詩作品を書くのはディキンスンに限られたことではなく、死をどのように観察し描写したかに彼女の特色がある。

五九一番の死の場面は、十九世紀のカルヴァン派の信徒には魂の救済を探るために死の床を観察する慣習があったことを踏まえれば、保守的なピューリタン（神学的にはカルヴァン派）の社会であったアマストでよく見られた臨終の場面を映しだしたものといえる。しかし、アマスト社会の慣習と死観を題材にしながら、ディキンスンは世間一般の死観に同調せず、距離を置いて冷徹に観察し、むしろ懐疑的に描いている。そして、瀕死の語り手に対する周囲の人々の慣習的な振る舞いを懐疑的に描き出すことで、ある種皮肉なユーモアを生み出している。何よりも、臨終の場に立ち会う側ではなく、〈死んだ・死にゆく人〉が一人称の語り手「わたし」として登場し、その視点から死の瞬間が語られることに最大の特色がある。死んだ・死にゆく「わたし」という語り手を通して、ディキンスンは、既存の価値観に左右されず、自己の冷徹な観察眼と身体感覚によって死を探求し描き出すことができるようになった。

衝撃的な一行目において、過去形で「わたしが死んだときに」「蝿がブーンとうなるのを聴いた」と言明されており、語り手「わたし」は死者である。続く二行目から「わたし」は自らが死に向かう経過を時系列に沿って語っており、厳密には死者の回想と捉えられるのかもしれないが、この過去形の語りは説話過去のように現在進行している出来事を順を追って叙述している。死後に死者が自分について語る詩はディキンスンが初めてではなく、ヘレン・ヴェンドラーが指摘するように、十七世紀のイギリス詩人ジョージ・ハーバートの「愛」にも見られる。[1] ただし、ヴェンドラーに拠れば、天国に入って「新たに命をえた」ハーバートの語り手と違い、ディキンスンの語り手は「本当に死んでいる」。キリスト教信仰を支えに「天国での新たな命」という幸せな空想をした詩の「現世で死んでも天国で生きている語り手」とは異なり、ディキンスンの語り手は身体機能の停止という物理的な死を迎えたまま、死後どのようになるのか不明で宗教的な救いはない。何よりも、二行目から、死に向かう身体の経過が時系列に沿って再現されるとき、〈死にゆくわたし〉が現在進行中の自らの死を語る、という希有な設定になっている。

たしかにハーバートのような先例は見られるが、伝統的な哀歌が愛する人の死を嘆き、その死者を称えるものであるように、そもそも死を描く詩は死者を看取る生者の視点から語られることが多い。美女の死を嘆く若者の憂鬱（メランコリー）を主題にして死をロマンティックに美化したポーは言うまでもなく、南北戦争中に軍事病院で奉仕して無数の兵士の死に直面したホイットマンは、『軍鼓の響き』（一八六五）で死にゆく若い兵士にただ寄り添うしかできない「わたし」を語り手として、現実の死を美化することなく語り手の悲しみを哀切に描き出した。キリスト教の死観もロマンティックな美化も廃して現実の死を自らの感性で描写する姿勢は、ホイットマンとディキンスンに共通するが、ホイットマンは死にゆく人に寄り添う傍観者を語り手「わたし」に据えており、ディキンスンのように、死んだ・死にゆく「わたし」として語ることはなかった。そして、今日の前で大切な人の命が失われていくのを見つめる語り手の哀しみに焦点をあてたホイットマンの死の描写と、自分の身体が死に向かっていくのを自ら観察し語るディキンスンの死の描写では、後者の方に冷徹で詳細な死にゆく身体の観察が見られる。「出会った悲嘆をすべてわたしは測る」("I measure every Grief I meet") で始まる五五〇番では、「厳密に精査するために細めた両目で」("With narrow, probing, eyes –") 他者の悲嘆を冷徹に「測量」していくが、そのような「厳密に精査する」観察眼がディキンスンの特徴であり、五九一番でも語り手「わたし」の死にゆく様子に向けられている。

二　身体感覚による死の描写

死にゆく「わたし」を語り手にすることによって前景化するのは、死に向かう身体の変化を意識がどのように感じているかである。これは死を看取る傍観者の視点からは語れない。また、死んだ「わたし」よりも今死にゆく「わたし」の方に焦点をあてることで、宗教的な死後の救済の話にも感傷的な臨終場面にもならずに、物理的に「死」とは一体どのようなものなのか、死に瀕した身体の感覚を通して精査できるようになった。

第一連で始めに提示されるのは、研ぎ澄まされた聴覚である。第一行で、「わたしが死んだ」瞬間とは「蠅がブーンとうなるのを聴いた」記憶に集約されることに、聴覚による死の認識が表れている。死にゆく経験を時系列に沿って再現する二行目からも、一行目の蠅の「ブーン」(“buzz”)とうなる羽音と対照的な「静寂」(“Stillness”)に焦点があてられており、聴覚が主軸になる。臨終の現場のピーンと張り詰めたような「部屋の静寂」は、続く三、四行目で「嵐の高まりの間隙に／大気が孕む静寂のよう」だと喩えられ、「静寂」と対極的な「嵐」(“Storm”)の激しい音のイメージが重ねられる。「静寂」は逆説的に「音」を孕んでいるのだ。英語の“buzz”“Stillness”“Storm”で重ねられる歯擦音 s, z と、“buzz”“Between”の b の頭韻は、静寂を描く第二連において、むしろ蠅の羽音“buzz”を読者の耳に響かせており、この英語の音 (s, z の歯擦音と b の頭韻) の繰り返しによる蠅の羽音の反響は全篇に渡り、最終第四連では、冒頭の“buzz”から大音量の“Buzz”に増大している。

第二連で視覚による描写が導入され、語り手「わたし」は、自分の死の床に集う親類縁者の様子を冷徹に観察する。死に瀕した語り手を失うまいと嘆願する代わりに、周囲の人々が失うまいと全神経を集中させているのは、「いよいよ最後の瞬間に」王の中の「王が現れるのを」「目撃する」希有なチャンスである。先述したように、保守的なピューリタンの社会であるアマストでは、信徒が死ぬ瞬間に、その人の魂が神によって選ばれたかどうかを周りの人々は見極めようとした。この第二連の場面でも、死の床に集う親類縁者は、神が選んだ魂を天の国へ導くために神が現れる奇跡を見逃すまい、と眼を皿のようにしている。いわば人が死ぬ瞬間を今か今かと待ちわびて凝視しているのである。親しい者の死を嘆くよりも宗教上の啓示を見逃すまい、と周囲の人々の意識が一つになり、容体の変化に合わせて、共に息を呑む様子を、語り手は冷静に観察する。そして、語り手の冷やかな眼差しによる描写は、宗教的な慣習を信じ込む人々の行動のある種の滑稽さを浮き彫りにしている。彼らの期待を裏切って、結局、神は現れず、第三連で代わりに出現するのは「蠅」なのだ。第二連で出現が願われた神を「王」と形容しているが、この単語も、期待と事実の落差を内包する多義的な表現となっている。「王」という単語は、たしかに崇高な存在である「主」「神」、「教会の王」である「キリスト」を比喩的に意味することもあるが、一般的には地上の王国の支配者の「王」を指す。また善悪、聖俗の属性は「王」という単語自体にはないので、天上の国の「王」に限らず、地獄の「王」や悪魔の「王」を形容することもでき、重要なことに、魔王サタンの別名ベルゼブル（あるいはベルゼブブ）はヘブライ語で「蠅の王」の意味である。神である「王」の出現を期待していたら、魔「王」の象徴である「蠅」が出現した、という冒涜的な解釈も可能なのである。とはいえ、この場面は、宗教的な解釈を懐疑的に斥け、現実の死が物理的な身体機能の停止であることを読者の目の前に突きつけることの方に重点がある。神ではなく「蠅」を登場させることで、「蠅」を引き寄せる死体の腐敗臭を予見させ、宗教的あるいはロマンティックな物語ではない、現実の物理的な死の姿を露呈する。

第三連の形見分けの遺言の場面も、語り手の命を惜しむ悲嘆や魂の救済を見極める信仰上の目的を瞬時に忘れたかのように、遺産の分け前に預かろうとする人々の即物的な欲望を示唆することで、現実の死を徹底して即物的なものとして語る。世間一般の宗教的な解釈も感傷的な物語も斥けて、死とはどのようなものか詩人が「厳密に精査する」ためのよすがが、自己の身体感覚である。

研ぎ澄まされた聴覚によって導入された第一連から第二、三連で視覚による描写がなされ、第三連の終りの「蝿」の闖入から第四連にかけて、視覚と聴覚の共感覚的な観点から死ぬ瞬間が描かれる。第四連一行目の「憂鬱な青い　不確かな　よろめくようなブブブーン」は、「蝿」を視覚と聴覚の両方から観察した姿である。"Blue" は羽音が「憂鬱な」音であることと「蝿」の「青黒い」体の色を形容し、続く「不確かな」「よろめくような」様子は、「蝿」の飛ぶ動きの視覚的な描写であると共に羽音「ブブブーン」の聴覚的な描写でもある。視力が弱まり、周囲を既に「光」として漠然と見ている「わたし」と外界の間に「蝿」は鮮烈に飛び込んでくる。「蝿」の鮮明なイメージは消えゆく意識の脳裏に浮かび上がっており、聴覚による刺激が視覚的な像を結ぶ共感覚が働いた結果かもしれない。第三、四連で三回も繰り返される「そしてそのとき」という表現は、「蝿」に焦点をあてながら「わたし」の身体の重要な変化を記す。最初の「そしてそのとき」が導く「蝿」の闖入は、燃え尽きる最期の炎のようにひと際鋭敏になった視覚と聴覚の共感覚によって、「わたし」がもはや周囲の人々の様子は見聴きできず、「蝿」だけを外界として感知していることを描く。「蝿」だけを鮮烈に見聴きする「わたし」の身体は、二番目の「そしてそのとき」の後、「両窓」に喩えられた「両目」が「衰えて」いく。最後の「そしてそのとき」に続いて「わたしが見ようとしても見えなくなった」と語られるように、見ようと意志を働かせても、身体機能としての視力を失ったため見えなくなってしまう。そして視力の喪失は、ディキンスンがかつて褒めたフローレンス・ヴェイルの詩「わたしたちはもう少しでそこに着くの?」と同じく、死の直前の瞬間を表す。

視力の喪失によって肉体の死を示唆する最終行は、"see to see" の「見る」("see") の反復によって、歯擦音 s の反復を行ない、意味内容の視力だけでなく音韻上の聴覚を強調する。シャロン・ライターが指摘するように、全篇を通して累積された s, z, b 音で表現する「蠅」の羽音「ブブブーン」("Buzz") のクライマックスになっている。[2] 視覚による認知がついに失われて死ぬ瞬間に、聴覚は最高潮に高まり、「蠅」の羽音を反響させて詩が結ばれるのである。

三　永遠に聴き続ける「耳」としての自己

ヴェンドラーは死にゆく語り手が「蠅」を自分自身だと悟るようになると論じたが、終局に向かって最高潮に羽音を響かせて生命を謳歌する「蠅」が語り手を体現するなら、意味内容上、身体機能の停止としての死に至る身体を描写しながら、この詩は死しても永遠に存在する「わたし」をメタポエティックに表現しているのではないか。天国での新たな命という宗教的な願望とはまったく違う独自の永遠の生を、ディキンスンは複層的な詩によって構築したのではないか。詩の展開と語りは円環構造を取っている。二行目から時系列に沿って、死にゆく「わたし」の身体の変化が語られ、最終行で物理的な死が暗示されるが、一行目が時系列で考えると最も後の時点、既に死んだ「わたし」の視点なのである。最終行の「わたし」は最初の行の「わたし」に還るのだ。現実の死は最終行の視力の喪失によって暗示されたが、音韻上、最高潮に反響する「蠅」の羽音が象徴するないように、音としての「わたし」の生命は力強く息衝いている。視覚が喪われても聴覚は喪われないまま、最終行の語り手の意識は最初の行に戻る。いわゆる肉体の死が訪れた後の自己の意識を、ディキンスンは見えず動けなくても聴くことができる存在として捉えており、いわば、永遠に聴き続ける「耳」としての自己を描き出す。五九一番のような現実的な死の描写ではなく、寓話的に語る四四八番においても、墓のなかの死者の語り手は視力ではなく聴覚を発揮して隣人と会話する。理性の破綻を死の比喩で表現した三四〇番において、精神的な瀕死状態の語り手は聴覚が鋭敏になり、「存在が一つの耳になった」("Being, but an Ear")ように感じる。ディキンスンは五感のなかでも聴覚に着目し、七一八番では「精神は意識的な耳なのだ」("The Spirit is the Conscious Ear –")と語ったが、死後も存続する精神があるならば、それは永遠に聴き続ける「耳」であった。

五九一番は、聴覚が認識した死の瞬間を描きながら、高まって行く聴覚――「耳」――としての自己存在を、増大していく「蠅」の羽音とともにメタポエティックに構築し、死後も聴き続けることで永遠の生命を獲得する「わたし」を創出している。同時代の宗教的な死観も感傷的な文学の死の描き方も斥け、極めて現代的な身体の機能停止としての死を提示しながら、その現実的な死の描写に留まらず、詩の音韻や構成の可能性を駆使して、独自の永遠の生命を表現した。自己が「耳」であるなら、詩の言葉の「音」が響き渡る限り、自己も生き続けられる。現代的な観察眼と描写力、それ以上に詩の言語の可能性を開示して見せるこの作品は、ディキンスンの詩の魅力を余すところなく伝えてくれる。

註

1 Helen Vendler. *Dickinson: Selected Poems and Commentaries*. Belknap P of Harvard UP, 2010, pp. 266–68.

2 Sharon Leiter. *A Critical Companion to Emily Dickinson: A Literary Reference to Her Life and Work*. Facts On File, 2007, pp. 103–04.

七六二

「これを約束してください　あなたが死ぬときに」

古口　博之

ディキンスン作品のなかには愛と死をテーマに扱った詩が多いが、ここで紹介する詩はそれら二つの要素を見事に融合した作品である。この詩は、学会の研究などでそれほど俎上に上ることは無いようであるが、愛と死の問題を扱っている作品のなかでも、秀逸な完成度を見せている。

Promise This – When You be Dying –
Some shall summon Me –
Mine belong Your latest Sighing –
Mine – to Belt Your Eye –

Not with Coins – though they be Minted
From An Emperor's Hand –
Be my lips – the only Buckle
Your low Eyes – demand –

Mine to stay – when all have wandered –
To devise once more
If the Life be too surrendered –
Life of Mine – restore –

Poured like this – My Whole Libation –
Just that You should see
Bliss of Death – Life's Bliss extol thro'
Imitating You –

Mine – to guard Your Narrow Precinct –
To seduce the Sun
Longest on Your South, to linger,
Largest Dews of Morn

To demand, in Your low favor –
Lest the Jealous Grass
Greener lean – Or fonder cluster
Round some other face –

Mine to supplicate Madonna –
If Madonna be
Could behold so far a Creature –
Christ – omitted – Me –

Just to follow Your dear feature –
Ne'er so far behind –
For My Heaven –
Had I not been
Most enough – denied?

これを約束してください　あなたが死ぬときに
人をやり、私を呼ぶようにしてください
あなたの最後の吐息は私のもので
あなたの眼を閉じるのは私なのですから

硬貨によってではなく
たとえそれらが皇帝の手から鋳造されたとしても
私の唇が　唯一の留め金となり

あなたの生気のない眼が　求めるままに

皆が去った時に　私が居残り
もう一度紡ぎなおすのです
その生命さえついえたならば
私の生命が　復活させましょう

私のすべての献酒を　このように注ぎ
まさに　死の祝福を見るのです
生命の祝福は　あなたを真似ることで
歓喜に湧きたつのです

あなたの狭い境界を守ることは私の役目
太陽を誘惑し
南方のあなたに一番長く
朝の大粒の露を留まらせましょう

あなたにあまり好かれないとしても
嫉妬する草が

あまり嫉妬せず　他の人の顔の周りに
もっと好んで　集まらないようにしましょう

聖母に懇願するのは私の役目で
もし聖母がいれば
はるか彼方の生き物を見とめるでしょう
キリストは　私を　除外したのです

ただ親しいあなたについていきます
決してそれほど遅れることなく
私の天国の方向にです
私はもう十分
拒否されてきませんでしたか?

この詩の読後感は、いかがなものであろうか。女心の忍ぶ恋と言えるものが、行間に溢れ、切々と心に響いてこないだろうか。

この詩は、ディキンスンにしては比較的長い部類の詩だが、一八六一年から一八六三年あたりに書かれたものと推定される。というのも、この詩はディキンスンが人知れず自作していた小詩集

(「パケット」と呼ばれる)の、一一番目の中に入っていたもので、他の同分類の詩群の時代性などを見ると、この時代のものとなる。ディキンスン、三十一歳から三十三歳の時であった。この時期は、彼女が詩人として、生涯で最も充実した期間で、多くの作品を生み出している。

さて、本論の詩の内容に触れよう。伝記上の具体的な背景は、つぶさには分からないが、愛を捧げる相手とその人の死を、観念的であるがすこぶる具象性のある作品に仕上げている。その愛の対象者は誰であるのか、今はわかっていない。ただ、候補者は数人考えられるのだが、決定的なことは言えないのである。さて、以下に分析を加え、この詩が豊かに語るところのものを味わうことにしよう。各連を簡単に説明してから、最後に全体の詩の特質にふれていく。

第一連の冒頭では、「あなた」が死のうとする時には、「私」を呼ぶようにしてください、と言う。何故か。それは、「私」には「あなた」のために、様々成すべきことがあるからという理由である。すべきこととは、「あなた」の最期の看取りを行い、眼を塞ぐことだと言う。瞼を塞ぐ行為は、ディキンスンにとり、究極的な愛の行為のようである。というのも、ほほ同時期に作成されたと思われる七〇六番の詩でも、それは顕著に描かれている。

I could not die – with You –
For One must wait
To shut the Other's Gaze down –

You – could not –
私はあなたと一緒には死ねません
なぜならもう一人の眼を
閉じないといけないから
あなたにはできないでしょう

ここでは、自分が恋人より後に残り、相手の最期の瞬間に瞼を閉じるという、究極の役割を引き受けんとする覚悟が見てとれる。

さて、第二連では、瞼をふさぐものは硬貨ではなく、自身の唇であるとしている。硬貨で眼を塞ぐことは、一種異様に思われるかも知れないが、これは一九世紀のアメリカではしばしば行われていたことで、硬貨を死者の瞼の上において弔っていたのだ。この風習の根源には、硬貨をギリシャ神話のなかの黄泉への渡し賃とする説などを含め諸々あるが、生理学的に単に眼が開くのを防ぐ目的があったらしい。いずれにせよ、ディキンスンにとっては、たとえ硬貨が皇帝によって作られた貴重なものだとしても、眼を閉じるのは自身の愛の接吻以外にはあり得ないと述べている。これによりディキンスンは権力主義的な思想を排除し、彼女の愛の重さを語る。

第三連では、話者である「私」の役目は、もう一度生命を作り出すこと、すなわち、愛を根源とした生命の再生、すなわち復活を目指している。第四連では、愛の献酒を捧げることで、逆説的に死者は死の祝福を味わえるとし、まさに生命の祝福は死者を通した愛の永続の殿堂を構築するのである。

第五連では、「私」の務めは墓守をすることであると説くが、それは尋常な墓守ではない。太陽（この場合神ともとれる）を死者のところに長く留まらせ、さらに、朝露（神の祝福とも読める）を受け取るようにするのが自分の役目だという。なんと大胆で想像性豊かな発想なのであろうか。

第六連では、控えめな見方を披露しているが、嫉妬深い草（恋敵とも読める）があまり嫉妬しないように（本文では「緑（green）」だが、嫉妬との両義性がある）と要求し、他の死者のところに纏わりついて欲しいと願っている。ちなみに、草の詩は他にもあって、「私の火山には草が生えている」（一七四三番）など、意味深長なものが多い。

第七連では、聖母マリアに懇願するのが自分に許された役目であると述べている。聖母マリアが、自分のような小さな生き物に気づいてくれたならと願っている。そして、最後の第八連では、愛しい死者についていくことは、自ら思う天国へと向かう道であると宣言する。少し無邪気な女性のように、「私のことを拒絶はしませんでしょう」と、言っているところは愛らしささえ感じる。

さて、この詩の大まかな内容は上記で述べたとおりであるが、ここからは、全体を俯瞰し、この詩の有する特徴を深く探っていきたい。

まず、この詩の特徴は、死という忌むべき生の最期の瞬間に、究極的な愛の結びつきを得ようとしている点にある。生きている時に愛の融合を果たすわけではない。死との同一性において、愛を完遂させようとするのである。この愛は強烈なもので、第一行で「あなたが死ぬ時に」と死を媒体とした契約を結ぼうとしているのである。この愛は詩の内容からいって、生前の結婚などにより結ばれんとするものではなく、いわば忍ぶ恋にも似たものである。そして、想いは静かな語調であるが強烈である。恋人が死ぬ時には、「私」を呼んで欲しいと言う言葉は、「召喚する」(summon)というフォーマルな用語で語られており、最期の瞬間は妻ではなく、「私」が立ち会うのであって、瞼を閉じるのも牧師等でなく、自分の役目だとする。しかも、閉じるのは「ベルトをする (belt)」のであって、すなわち言外に相手との結合を願っているのが読みとれる。

この詩が明瞭に伝えるものは、この詩人の不敵とも言える発想の大胆さと思いの深さである。「皇帝の手」からできた硬貨よりも、自分の接吻を優先し、自分の生命によって相手の生命を再構成し、自分の愛の献酒が生命の「祝福」を見いだせるとする。また、太陽を「誘惑」することも厭わず、聖母にさえ訴えかける。自らの愛の前には、何も邪魔するものはないと言わんばかりなのである。

この詩は、比喩がかなり効果的に使われている。ディキンスンの比喩の使用は天才的であるが、先ほどのベルトもそうである。接吻を「留め金」に譬え、通常神にささげるはずの「献酒」を愛の献酒とし、墓を二人の密かな「狭い境界」に置き換え、朝露を神の祝福に見立て、「嫉妬の草」を他人に譬えている。それぞれの比喩は直喩、暗喩など分類できるが、それらの具象性を帯びたイメージは、鮮烈であり瞠目させられるほどである。

さらに、この詩の特徴としては、宗教的な要素が混入しているのだが、神への信仰はそれほど重要視されてはいない。父なる神や子としてのキリストは、崇拝の対象としては捉えられていないのである。この詩では、それよりも母なる聖母マリアに懇願をしているのであり、愛において母性的な愛にディキンスンは共感を抱いている。詩はある意味では、母が恋人に語り掛けるようなやさしさをも具現している。

信仰の対象としての神は、ディキンスンにとって、少し異質のものであった。詩や手紙を見れば、彼女にとって神はついには信仰の対象とはならなかったのが分かる。それは一五八一番のような詩でも明らかである。

They went to God's Right Hand –
That Hand is amputated now
And God cannot be found –

彼らは神の右手に赴いたが
その手はいまや切り離されていて
神を見つけることはできない

幼い時に通い習った教会の教義、少女時代を過ごしたマウントホリヨーク神学校での宗教教育、ずっと続けていた聖書の熟読など、そういった影響さえも、ディキンスンのキリスト教への異質感はぬぐえなかった。彼女にとっては、自らの宗教観を樹立していくことが最重要課題の一つとなっていたのであり、伝統的な神への信仰があったわけではない。

彼女にとっては、人間が持つ崇高な価値を尊重し、守り続けていくことが何よりも重要であった。愛はその究極であった。「キリストは私を除外したのです」という最終的な言葉は計り知れないほどの重みを持つ。というのも、死の世界において、彼女が求めたものは、愛する人との永遠の愛の殿堂であり、信仰的な天国ではなかったからである。それは自分と相手とのつつましい愛の園である。そこでは、愛が神にとって代わり神格化され、死の恐怖はそれにより乗り越えられていくのである。ゆえに、ディキンスンは「私の天国」へと相手をいざない、そこで愛の充足を達成しようとしたのである。

七七二

「大切な油は絞り出される」
——真実を蒸留する詩人

松本　明美

はじめに

エミリ・ディキンスンは、自然を対象とした詩を多く書き残している。例えば、夕暮れの情景を美しい言葉遣いで表現した詩が多く残されている。また、鳥や蜜蜂や蜘蛛などの生き物にも深い関心を寄せている。そして、忘れることができないのは、ディキンスンは花を愛していたことである。季節毎に咲く花々にも目を向け、その可憐な姿に心を奪われたのだろう。筆者が選んだ七七二番は、「薔薇」(Rose) が主題となっている。その花については、英米の一流の詩人たちが詩の題材にしているが、ディキンスンも同じくこの花を特別な植物として一目置いている。

「薔薇」と言えば、その華麗な姿、多彩な花びらの色、そして香しい芳香を漂わせる魅惑的な花だ。そして、この花には棘があり、扱いにも注意が必要となる。だからこそ、近寄りがたく神秘的な雰囲気を醸し出している。そのような特徴が、古今東西の詩人たちをも魅了したのではないだろうか。このエッセイでは、ディキンスンの七七二番を通じて、この詩人が何を表現しようとしたのかを、詳しく述べてみたい。

一　「薔薇」の「香油」が絞り出されるまで

まずは、七七二番を読むことにする。

Essential Oils – are wrung –
The Attar from the Rose
Be not expressed by Suns – alone –
It is the gift of Screws –

The General Rose – decay –
But this – in Lady's Drawer
Make Summer – When the Lady lie
In Ceaseless Rosemary –

大切な油は絞り出される

薔薇からの香油は
太陽だけでは搾り取られない
それはねじの賜物

普通の薔薇は朽ちる
しかしこれはご婦人の引出しの中で
夏を作る――そのご婦人が
終わることのないローズマリーの中で横たわる時に

ここでは、「薔薇」の「香油」が、容易に「絞り出される」ものではないことが示されている。ただ単に、「太陽」が幾日もかけて「薔薇」を乾燥させて、その後純粋な「油」が蒸留されるわけではない。その混じり気のない「油」を抽出するプロセスは、四行目にある「ねじの賜物」という物理的な作用がともなってこそ、生み出されるものである。その「ねじ」で「薔薇」の花びらを砕き、そこから絞り出されたごく僅かな「油」が抽出される。「薔薇」の花は、湿り気のある生きた花とも言える。その花が、冷たく硬い物質によって砕かれ、花びらはもはや原型をとどめたものではなく、廃棄される。それは、純度の高い「油」を絞り出すための必然的なプロセスでもある。そのような痛みを伴う作業をとおして、「薔薇」のエキスは絞り出され、「賜物」という言葉が示すように、不純物のない芳醇な「油」が漸く完成する。

第二スタンザでは、「ねじの賜物」である「香油」は、思いがけない生命力を発揮する。花の命は短いと言われているように、「普通の薔薇は朽ちる」ものである。言い換えれば、「薔薇」が美しく咲き誇る期間は、長くはない。それゆえ、「しかし」という逆接の接続詞にあるように、「ねじの賜物」である「薔薇からの香油」の生命力や持続性が強調されている。その「香油」から発せられる芳香は、「薔薇」の花が枯れてしまっても香り続ける。そして、その香りは夏の記憶を蘇らせる。「香油」は「ご婦人の引出し」の中で、「夏を作る」とある。「引出し」を開けた途端に放たれた芳香は、「夏」の記憶を再現する。そしてさらに、「ご婦人」が「終わることのないローズマリーの中で横たわる時に」も、その「香油」は生命力を持続させ、「夏」の思い出を繰り返し蘇らせる。この「終わることのないローズマリーの中で横たわる時に」という詩行は、暗に「ご婦人」の生涯が閉じることを表している。この詩では、「薔薇」と「ご婦人」の二つの死が語られている。それにもかかわらず、「香油」の方は、「引出し」の中で生き続ける。

二　「香油」の永続性

この詩では、「ご婦人」と「薔薇」の儚い命が印象的である。一方で、「薔薇からの香油」は不滅の生命が与えられ、「ご婦人の引出しの中で」生命力あふれる「夏」を作り続ける。「ご婦人」が「横たわる時」、すなわち彼女の命が果てた時にも、凝縮された「エッセンス」は「夏」の頃の芳香を醸し、存在感を発揮する。このような件は、ディスキンスンが敬愛していた英国の詩人で劇作家であったシェイクスピアのソネットを想起させる。ヘレン・ヴェンドラーが指摘しているように、ディキンスンはシェイクスピアのソネットを読み、感銘を受けたようだ（三二三）。そこで、『シェイクスピアのソネット集』から、翻訳されたものを二編引用する。

五

目という目が釘づけになって見つめているその美しい姿、
その姿をみごとな技で造り上げたのは、なんと移ろう時なのだよ、
同じその姿に暴虐の限りを尽くすのも移ろう時、
類い稀なるその美貌を醜悪に造り変えるのも移ろう時。
時の歩みはしばしも留まることがない、夏を誘って
忌むべき冬へとはるか連れ去れば、そこに待つのは完全なる死滅。
樹液は霜に凍てつき、緑の若葉は散り果て、
美は悉皆豪雪の中、満目これ裸形の蕭条。
そのときにだよ、夏のエキスの蒸留水が瑠璃に輝く
壜の中に囚人として捕えられていない限り、
美の所産は美の本体ともども跡形もない、
姿かたちから在りし日の思い出まで一切合切みな蒸発。

だが、花々のエキスの蒸留があれば、たとえ冬を迎えようとも
失われるのはただ外形だけ、実体は変わることなく美しく生き続ける。（大場建治訳　二二）[1]

五番のソネットでは、九行目に「夏のエキスの蒸留水」という表現が見られる。これについて、訳をした大場氏は注のところで、“summer's distillation”はすなわち“the essence of summer”だと注釈している。[2]「蒸留」とは、時間をかけて液体を加熱し、不純物を取り除いて精製する過程を表す。ここでの「エッセンス」を作り出す過程は、ディキンスンの詩において語られている内容と似ている。五番のソネットの最後の二行では、「外形」が失われても、「実体は変わることなく美しく生き続ける」と締めくくられている。これこそが、ディキンスンの詩にあるように、「薔薇」の花びらが「ねじ」でエキスを絞り出され、「夏を作る」。そして、時間の経過と圧縮の繰り返しを経て、漸く「大切な油」が完成し、残った純度の高い「エッセンス」が、「引出し」の中で芳香を放つ。そして「引出し」を開けるたびに、その香しい芳香はその人の嗅覚をとおして「夏」を思い起こさせるのである。

シェイクスピアはさらに五四番のソネットで、美しい「薔薇」の儚い生命が、「詩」の中で永遠の命を与えられることが示されている。

五四

美がいよいよ美々しく照り輝くのは
真実の与える香しい飾りによってこそ。
薔薇は美しい、だが花に息づく香しい
香りがあって一層美しく感じられる。
野茨だっても、それは確かに、香り高い薔薇の
神秘の色と毫も変わらぬ深い色合で咲くだろう、
同じく棘ある枝に抱えられ、夏の囁きの風に
固い蕾を押し開かれて猥りに遊び戯れるだろう。
だがその値打ちは見た目だけの外側のことだ、
言い寄る者もなく、手に取る者もなく、ひとり萎び果て、
ただ甲斐もなく死んで行く。ああ、本当の薔薇はそうではない、
香しいその死から本当に香しい香りが蒸留される。
　美しくも愛すべき薔薇よ、君もそのとおりなのだよ、
君の若さが色あせても、詩によって君の真実は蒸留されるのだよ。

（大場建治訳　一一三）

「薔薇」は美しい花であることは言うまでもない。ただし、それに「香り」が備わってこそ、さらにその美しさに花を添える。しかしながら、その「薔薇」は時間とともに朽ちていく。その「薔

薇」から「蒸留」された「香り」こそが、永続性を保ち、元々の「薔薇」の命が脈々と受け継がれていく。そして、最後の詩行に「詩」という言葉が現れる。たとえ、花の命は短くとも、「詩によって君の真実は蒸留される」と締めくくられる。この世に「詩」を読む人がいる限り、「薔薇」の香しい「香り」がその人の記憶を呼び覚まし、その人の心の中で鮮やかなイメージが再現される。「詩」は「真実」を美化し、世代が変わっても生き続ける。だから「詩」の中の「薔薇」は永遠に色褪せることはない。読者の目に留まる限り、「詩」の中の蒸留された「薔薇」が生きたという「真実」は、永遠に枯れることはない。

おわりに

ディキンスンがシェイクスピアのソネットを読み、感化されたとすれば、ディキンスンの七七二番は、その影響が感じられる。しかし、ディキンスンの場合の蒸留の過程は、苦痛を伴うものであった。シェイクスピアは、「詩」の役割を、「蒸留」された「本質」を後世に伝えることと定義していた。同様に、ディキンスンも「薔薇」の「香油」を詩の言葉を表す隠喩とみなしていたとも考えられる。「詩」によって、「夏」が思い起こされ、想像力が脳裏を駆け巡る。そして、「詩」を読む人がいる限り、不純物がそぎ落とされた「香油」は生き続け、読者の感性を刺激する。そういう過程が、ディキンスンが目指していた理想の詩人像と重なる。例えば、「この人こそ詩人」で始まる四四六番の詩の初めでは、「普通の意味から／驚くべき感覚を蒸留」できる人こそ、「詩人」と定義されている。この定義は、これまでに言及した七七二番やシェイクスピアのソネットにも通じるものがある。普通の人が目に留めないものに「詩人」は着目して、言葉を厳選しながら詩を書く。それを読んだ読者は、感性が刺激を受けて、それまで気にしていなかったものに注意し、目から鱗が落ちるような感覚を覚える。よって、物事の本質を捕え、それを詩にして伝えることがディキンスン流の「詩人」の定義なのであろう。それゆえに、「詩人」の偉業に気づいた数多の読者は、自らの陳腐な感性と表現力の乏しさにうろたえてしまう。

ディキンスンの死後、引出しから多くの詩の束が発見された。「ご婦人の引出し」の中で眠っていた詩はいつか日の目を見るのを待ち、そして今では時代を超越して多くの読者がディキンスンの詩を読み継ぐこととなった。ディキンスンが、粉骨砕身の努力でもって言葉で織り上げた詩の世界が、現代の悩み深き人たちの救いになることは間違いない。

注

1　大場建治、対訳、注解『ソネット詩集』研究社、二〇一八年、二一頁。

2　『ソネット詩集』二〇頁。

参考文献

Vendler, Helen. *Dickinson: Selected Poems and Commentaries*. Cambridge, Massachusetts: The Belknap P of Harvard UP, 2010.
大場建治、対訳、注解『ソネット詩集』研究社、二〇一八年。

七九六

「風が草原を揺らし始め」

大西　直樹

　ディキンスンの一七八九篇の詩作品には、孤独や死、別離や絶望を題材とした倪目すべき圧倒的な迫力を持った作品がいくつもある。それらの一つ一つの詩作品の背景には、詩人自身を取り巻く様々な事情が控えていて、南北戦争や兄オースティンの不倫生活など込み入った伝記的事実と照らし合わせ、解釈され直したり論じられている。彼女は一八五〇年を中心とするアーマストにおける第二次信仰復興運動の激動の中で、自身の信仰と世間の教会を中心とする信仰との間で苦しみながら、かえって強烈な生き方を選び、ギリギリまで究極的選択を突き詰めていく。"Renunciation is a piercing virtue."（七八二番）とあるように、妥協をよしとしない徹底的な姿勢には人生を賭けた凄みがあり、こちらが心温まる、感傷的な慰めを彼女の詩に求めようとすると、容赦なく跳ね返されてしまう。結晶のような硬質性が彼女の詩の特質である。

　ところがそうした生きることへの厳しい探求からは離れた、ただただ徹底的な観察に終始する作品もかなり存在し、これはこれで実に魅力的な作品となっている。例えば、ニューイングランドのコネチカット川流域に広がる自然を背景とした夜明けや日没。その刻々と変化する天空や景色を描いた詩、季節の移り変わりの微妙な気候変化を捉えた作品など、自然を描く作品には、変化そのもののの描写と表現のみに固執した作品がかなり存在している。日常の生活で、ふと出会った蛇や毛虫、あるいは蒸気機関車の動きを描いた作品など、どれも面白く、言葉が作り上げる効果のみを目的としていると言えるだろう。

ことに言葉の音についての敏感な感受性は他の詩人に見られない特質を示している。後にT・S・エリオットが聴覚的想像力 (auditory imagination)[1] と呼ぶことになる音によって想像させる一種の描写である。例えば、例の蒸気機関車 (iron horse) を馬に例えて唱った詩（三八三番）において、山を疾走して下ってくる時に発する汽笛の音を "Boanerges" のように、と彼女は書いている。この固有名詞は新約聖書「マルコによる福音書」第三章一七節に出ている馬の名前であり、「雷の子」を意味するので、それはそれで彼女は適切な言葉を選んだものだと思う。しかし、ディキンスンがこの言葉を選んだ理由には、それにもましてその発音にある。ボアネルジーズという、その音には機関車の汽笛を思わせるボー、という音が聞こえてくるのである。こうした彼女独特の工夫を様々な言葉のイメージにおいても駆使しているところに彼女の詩の凄さがある。

例の有名な詩の一つ、"I Heard a Fly buzz – when I died –"（五九一番）という詩の後半に現れる蠅の羽音を "Blue – uncertain – stumbling Buzz –" と描いているのはショッキングでさえある。実に、蠅の羽音のbの音を青いと表現しているのだ。このほか太陽光線を "yellow noise" と表現し、「黄色の騒音」という言葉で、その不快さを音として示唆している。こうした共感覚を駆使した手法も、彼女独特の詩作上の技法で、現代詩では、よく使われる技法であっても、彼女が生きていた南北戦争前後のアメリカ詩の文脈で考えると、彼女の工夫は全く特異であると言える。当時の文壇の大御所であったのは、トマス・ヒギンスンだが、彼が想定していた若い寄稿者 (Young Contributor) の中には、アトランティック・マンスリー誌 (*Atlantic Monthly*) などに詩作品を投稿して幸いにも掲載され、有名になって活躍していた女性詩人が何人もいた。彼女らに共通しているのは、感傷的に死別を扱いながら、人生の意味を問う、キリスト教的信仰やその死生観であり、詩とはセンティメンタルなものという理解が一般的であった。ディキンスンが詩人として有名雑誌などでの出版を目指すなら、この方向性を無視することなく受け入れ、むしろその要求に答える詩作品を作っていかなくてはならなかった。三十歳を過ぎ、今後、結婚や家庭、職業といった道が開けていくことがないことを知った彼女は、人生の目標を詩作のみにかけようとある時点で決心し、文壇の大御所である彼に乾坤一擲、手紙を送った。[2] 一面識もない当時の有名人に、切羽詰まった思いを秘めながら、丁重にアドヴァイスを求めた。ディキンスンは、彼に出版の夢を託す多くの寄稿者からの手紙の中で、自分の手紙がどう読まれ、返事をもらえるかどうか、いろいろ工夫を凝らしたに違いない。手紙に自分の署名を直接にはしないで、鉛筆で別の紙に署名し、それを小さな封筒に入れて手紙に同封したのも、そうした工夫の一つである。そしてその時送った詩は四編だったが、それらをどのような気持ちで、数百書いていた自分の詩から選んだのかを考えれば、かなりの自信作であったと推測できる。案の定、ヒギンスンはこの奇妙な手紙と変わった詩に反応し、どこの誰とも知らぬ彼女に返事をよこしたのだ。それを受け取ったディキンスンの喜びは、想像を超えるものがある。早速、次の手紙を送り、いくつかの詩も同封した。こうして、二人の文通が始まり、それはディキンスンの死まで続くことになる。しかし、その姿勢とは裏腹に彼女は一生を通じてついに彼の忠告は一つも受け入れなかったのだ。手紙に現れた極めて丁重な尊敬の念とは裏腹に、この拒絶には想定以上の頑固さが感じられ、ヒギンスン自身も翻弄された様子が残っている。ただし、彼女の拒絶が私たち後世の読者には幸いだったのだ。もし彼女がヒギンスンの忠告を素直に受け入れていたとすれば、彼女の詩はその時は出版することができただろう。そうなっていたとすれば、彼女は同時代の女性詩人が現在一人も記憶されていないのと同様の運命を辿ったことになる。結婚も出産も家庭も教会生活も持たなかった彼女の人生は、この世に存在していた存在証明がまるでないように見えるが、彼女の死後、逆説的な展開を示す。詩作品は彼女が出版を拒絶したことが幸いして、その特質が守られたのだ。ただし彼女が埋めたタイムカプセルが開かれ、生前には理解されることのなかった詩の特質が理解されるまでには、一世紀ほどの時間が必要であったのだ。

このような事情で公表されることなく書かれていた詩の中には、実に生き生きと自然の変化を描いた作品がある。例えば、夏の午後、晴天の空を一瞬農地に雲が多い、豪雨を降らす嵐を扱った詩である。

The Wind begun to rock the Grass
With threatening Tunes and low –
He threw a Menace at the Earth –
Another, at the Sky –
The Leaves unhooked themselves from Trees
And started all abroad –
The Dust did scoop itself like Hands
And throw away the Road –
The Wagons quickened on the streets
The Thunder hurried slow –
The Lightning showed a yellow Beak
And then a livid Claw –
The Birds put up the Bars to Nests –
The Cattle clung to Barns –
Then came one Drop of Giant Rain
And then as if the Hands
That held the Dams, had parted hold,
The Waters wrecked the Sky,
But overlooked My Father's House –

Just quartering a Tree –

風が草原を揺らし始め、
脅かす低い調べを立てながら
地面に脅威を投げつけ、
大空にも脅しを。
樹々から、木の葉たちが外れて、
飛び散っていった。
土ぼこりが、手ですくい上げたかのように
道路を放り投げた。
荷馬車は通路を急いで行き交った。
雷はゆっくりと急いだ。
稲妻が黄色い嘴と
それから鉛色のかぎ爪を見せた。
鳥たちは巣に閂を掛け、
家畜は納屋に駆け込んだ。
その時、巨大な雨つぶが一滴が来た。
そして、ダムを抑えていた両手を離したように、
水が大空をぶち壊した。

（七九六番）

でも父の家は見逃した。
ただ、目の前にある木一本を四つ裂きにしただけ。

穏やかな天気の夏の午後などに、急激に発達する寒冷前線の通過に伴って激しい天気の変化が起こる時がある。人々はその急変に慌てて対応し、雨の降りだす前に安全な場を求めて逃げまどう。この詩は、その危機の迫り来る緊迫感を描きながら、例の機関車を歌った詩、"I like to see it lap the Miles"（私はそれが何マイルも駆けるのを見るのが好きだ）（三八三番）で始まる詩のように、詩全体が一つの連続した動きをたどって構成されている。しかし、あの汽車を歌った詩とは違い、四行毎のスタンザに分けるのではなく、全体の二〇行全てを連続して表記する詩型が用いられている。出版された時はスタンザによる行分けを設けている版も見受けられるが、ディキンスン自身の意図は全体を区切りなく一つにしているものと思う。

この詩の描写している現象は表面的には脅威と受け取られる天候の激変だが、その激変を詩人が面白がって興奮しながら喜んでいるように感じられる。確かに、雷と強風、そして豪雨を伴った恐ろしさを描写してはいる。しかし、それを目撃している詩人は、自然の猛威には晒されていない。最終行に表れているように、彼女は室内の、それも多分建物の二階から、天気の激変や人々や鳥、そして動物が慌てふためく様子を見下ろし、それを面白がっている精神的余裕が感じられる。

天候の変化は、まず風の変化から始まる。突然、やや丈の長い草むらが風で揺れ始めるが、別のヴァージョンでは、その揺れの動く様を「女性がパン生地をこねるかのように」としている。風がそよ風ではなく、力のこもった強風であることが感じられる。風の音が低く響いているとともに、地面も大空も、凄みを持った突風によって驚かされ、脅されているようだ。"threw"という動詞で、投げかけている範囲が、広く感じられ、空間的広がりとともに、突風の到達する範囲に広がりが伝わってくる。その強風雨によって樹々の葉がちぎれ、大空に舞い上がって飛んでいく。そんな道路を荷馬車が慌てて通りすぎ、強雨と迫り来る豪雨から逃げようとしているが、遠くから雷鳴が"hurried slow"と近づいてくる。このゆっくりと急ぐ、という表現はごく単純な単語による表現でありながら、雷鳴の動きを実によくとらえた表現である。雷鳴とは、遠くから鳴り響く時はゴロゴロと緩慢な動きのように聞こえ、間近で稲妻とともに落ちてくるときには瞬時の大音響を伴うものだ。そのような時間差のある動きを捉えて実に言い得て妙、と思わせる表現であり、しかもこんなに単純な単語でそれを伝えていることに驚く。稲妻の光が、嘴として描かれているが、その黄色の尖った嘴は上空に見え、次の瞬間、鉛色の鋭角な鉤爪となって、垂直に地上に視線が落ちている。つまり巨大な猛禽類の嘴からかぎ爪へと瞬時に視線を落とすことによって、落雷現象を瞬時の上下の動きと捉えている。色彩としても、上空の黄色から、鉛色となって落ちる様は鮮やかだ。小鳥たちは巣に潜り込むが、その様子を閂に横棒を通して、しっかりと戸締りする様子で描いている。巣の中には姿を消した小鳥たちの身構えた怯えた様子が想像できる。"cattle"とは牛や馬などの家畜のことだが、牧場に放牧されていた動物が家畜小屋である納屋に急いで戻ってくる。と、その時、恐れていた瞬間が、一滴の雨粒の落下で始まる。その一滴は、"giant"と記されているように、大粒で雨音さえ感じさせる。次の瞬間、一気に空全体が豪雨で覆われ風景が一転する。その様子を一言"wreck"という語で表現しているが、詩人はそれが、破壊する、あるいは無茶苦茶にするなどの意味であり、ものが破壊する時の言葉として使っている。詩人は空が破壊すると表現することで、豪雨の凄まじさを一言で言い切っている。

さて、ここからの最後の二行が、この詩を読み解く鍵と言えるだろう。まず、"overlooked"という言葉である。これには全体を見渡す、監督する、という意味があり、そう使われる場合も多いが、この文脈ではそうではなく、見逃す、あるいは見過ごす、という意味である。でなければ、次の行の"just"が生きてこない。つまり詩人はこの嵐の豪雨が、空中のみならず、あたり一帯を圧倒的な水量で覆い尽くしているのを描写しつつ、その中で、自分のいる実家だけは、雨が降っていない、と述べているのだ。こうした現象は夏の夕立などに見られるように、雨雲が局地的であり、ほんの近距離でも降雨の範囲からずれることがある。詩人はたぶん実家の二階から、外の激しい雨の降る様子を見ている。奇妙なことに自分のいる実家には雨が降っていない。ただ、ちょっと目先に見える一本の木が、猛烈な雨に打たれているのが見えるのだ。ここで使われている"quartering"という言葉は四つに分けるという意味だが、インディアンが行なっていたと言われる処刑の仕方であり、犯罪人の四肢を動物に引っ張らせて肉体を四つザキにする刑罰で、極めて暴力的な言葉である。つまり、それほどに強烈な滝のような豪雨が、目の前の木に降り注いでいるのだ。しかも、その四つザキの方向は、木を横に四つに断ち切るのではなく、当然、木のてっぺんから豪雨が立て方向に木を切り裂いている。ということは詩人の立ち位置が木を見下ろす位置にあり、実家の二階から見ていることが想像できるのだ。窓の外の凄まじい豪雨の勢い。一方室内では雨域を外れた妙な静けささえ感じさせ、この詩も持つ妙味が余韻となって残されていく。

次に挙げる作品は、ピアノ演奏を描写しているかの感じを持たせる詩（四七七番）である。自作の翻訳のみを掲載すると、

彼はあなたの魂を弄ぶ
ちょうど演奏家が鍵盤の上に、
大音響を叩き下ろすまで、のように。
彼は緩慢に驚かす。

人の脆い本性を
天空からの一撃に備えさせる。
それも微かな鍵盤が、遠くから聞こえ
そして身近に、さらにもっと、ゆっくり。

呼吸は整える時間があり
頭脳は冷たく沸騰する
荘厳な稲妻の一撃が打撃を与え
裸の魂が剥ぎ取られる。

風が森をその両手で抱える時
宇宙は静まりかえる。

この詩が何を語っているのかは、様々な議論がこれまでなされてきたが、ここでは、説教者の語りと、その説教が聞き手に与える反応を描写しているとする読み方を取る。冒頭「あの人」と言われている人物はチャールズ・ウォズワース牧師のことである。国会議員だった父親がディキンスンを連れてにフィラデルフィアに滞在したが、その間、聖日礼拝のために出席した教会の牧師がウォズワースで、この詩は彼の説教の様子が描かれていると考えられる。彼の説教は当時大変な評判となっていて、その人気も高く、かのマーク・トウェインも説教に感動したことを書き残していることから、その語り口は特徴的で雄弁だったと思われる。会堂に集まった会衆の心を、ある時は厳しく批判し叱りつけたかと思うと、間髪を入れずに冗談を交えて、緊張を解す。その繰り返しに、人々の心はすっかり説教者の思うままに操られていたようだ。詩人は、その様子をピアニストの演奏にたとえている。最初の一行以降、最後の二行までの十一行がピアノ演奏の様子の描写である。

当時ボストンはともかく、ニューイングランドの田舎町アーマストで、ピアノを自宅に持つ家庭はごく稀だった。しかし、彼女の父は娘たちに立派なピアノを買い与えていた。ピアノ演奏に興味を持ち、かなり真剣に取り組んでいた詩人は、個人レッスンも受けながら自己流で気ままに即興でピアノを奏でることがよくあったという。[3] 彼女が使ったピアノ演奏用の楽譜がいくつも残っていて熱心にピアノに取り組んでいたのがわかる。しかし、ある演奏会で聴いたピアノ演奏に徹底的に圧倒され、自分のピアノ演奏を反省しその後ピアノへの熱意は衰えたとされている。そうした経験をもとに、ピアノ演奏によって聴く者の心がいかに操られるかをこの詩は見事に辿っている。しかし、それは全てが、日曜礼拝の教会の説教に聞き入る聴衆の心の動きの比喩となっているのだ。その説教は、最後に強烈な稲妻の一撃となって、聴衆を圧倒する。「打撃を与え」と訳した“Deals”の[d]音には強烈な一撃の強さが込められ、それによって無防備な魂は、「剥ぎ取られる」とある。ここで使われている“scalps”という言葉も、極めて暴力的な響きがある。インディアンが捕えた人間の頭皮を剥ぐ、というイメージが常に付きまとう言葉である。

ちょうど、前述の作品の最後に、使われた“quartering”と同様の、残酷で強烈なイメージが意図されている。そして、さらに、最後の二行で、この残酷なイメージから解放されるかのような、穏やかさを持ってこの詩が終わっている。それは意外にも、説教とも演奏とも関連のない静寂な森の様子であり、そこまでの激しく暴力的な激動の様相に対して、最後の二行で明確なコントラストを作り出している。この作品のまとめ方は、やはり前述の嵐の詩の最後の部分とも共通している。そこでは、運よくも嵐の最中にいて、安全な位置から、大荒れの景色を目撃できている距離感を作品に与えていた。このように、この二つの詩には共通した読後感が残る。それは、激しさを経て、ふと与えられる解放感とでもいう後味である。俳句では、「軽み」と言われる技巧がそれに当たるだろう。ディキンスンが俳句を知っていたわけではないし、その技法を知り得たとも思えない。それにもかかわらず、この二つの作品には激しい緊張が、最後の瞬間に解放される構造を共通して持っている。

注

1 T. S. Eliot. *The Use of Poetry and the Use of Criticism*. Faber & Faber, 1933.
2 Thomas Wentworth Higginson. "Emily Dickinson's Letters." *Atlantic Monthly*, October 1891.
3 Carolyn Lindley Cooley. *The Music of Emily Dickinson's Poems and Letters: A Study of Imagery and Form*. McFarland, 2003.

八四九

「私の窓から見える景観は」

――ディキンスンの風景詩学

小泉　由美子

はじめに

十九世紀初頭米国の東海岸、空前の旅行ブームが起き、ヨーロッパから多くの人々が荒野を求め、新天地アメリカを訪れた。ヨーロッパでのピクチャレスク風景画の流行から遅れること半世紀、後にハドソンリヴァー派と呼ばれることとなる画家達が脚光を浴びていた。アメリカ国民は当初新大陸の壮大な美しさをヨーロッパの旅人の筆を通して認識するようになった。やがてティモシー・ドワイトのように自分の目を通し、神により選ばれた人々の住む神聖な風景を描出するようになった。

一八二一年に出版されたドワイトの米国旅行記はそれ以降のコネティカット川流域の描写の方向性を確立したと言われている。最も注目すべきは、ヨーロッパの旅行者と異なった眼差しを風景に向けていたことだ。「より威厳のある心持ちの人々」の鑑賞眼を考慮に入れてこの本は書かれたと彼は記している。敬虔なアメリカ人は神の創造物としての自然の織り成す景観を深い喜びを持って眺望したという事実が強調されている。

ディキンスンも例外ではなかつた。当時の「絵のように美しい」と称された景観を自身の寝室の窓枠を通し、この詩は捉えている。

一 「私の窓から見える景観は」

この作品は、一八六四年早春頃書かれた。カケス、リス、松から成るニューイングランドの冬景色と対照的に、一行末に置かれた「景観」一語でディキンスンは時代精神を切り取っている。

By my Window have I for Scenery
Just a Sea – with a Stem –
If the Bird and the Farmer – deem it a "Pine" –
The Opinion will do – for them –

It has no Port, nor a "Line" – but the Jays –
That split their route to the Sky –

Or a Squirrel, whose giddy Peninsula
May be easier reached – this way –

For Inlands – the Earth is the under side –
And the upper side – is the Sun –
And it's Commerce – if Commerce it have –
Of Spice – I infer from the Odors borne –

Of it's Voice – to affirm – when the Wind is within –
Can the Dumb – define the Divine?
The Definition of Melody – is –
That Definition is none –

It – suggests to our Faith –
They – suggest to our Sight –
When the latter – is put away
I shall meet with Conviction I somewhere met
That Immortality –

Was the Pine at my Window a "Fellow
Of the Royal" Infinity?
Apprehensions – are God's introductions –
To be hallowed – accordingly –

私の窓から見える景観は
帆船の浮かぶ海だけ
小鳥と農夫がこの海を「松」と見なすなら
そう思えばいいだろう

そこには港もなく、「定期便」も通わない
空への航路を切り拓くカケスと
リス、その眩い半島に到着するには
こちらの方が容易であろう

内陸にとって大地は足元
見上げれば太陽がある
取引があるとするなら、それは香料の取引
運ばれてくる匂いで推論できる

神の声を認めるのは風が内にある時
耳の聞こえない人は神を定義できるだろうか?
メロディーの定義は
定義のないこと

メロディーは私たちの信仰に訴えかける
内陸の風景は視界に訴えかける
視力がなくなった時
どこかであの不滅に出会ったという
確信を私は得るだろう

私の窓辺の松は
無限という「王室の一員」だったのだろうか?
悟性とは神が引き合わせ
やがて神聖なものとして崇められること

この詩は、ディキンスンには珍しく、具体描写で始まる。寝室の窓から見える遠景を倒置構文で表現し、最終連の近景と対照させる。「景観」という換喩を一行目に置くことにより、ディキンスンは十九世紀米国東海岸のピクチャレスク・ツアーの文脈を挿入する。当時の旅行記、随筆等を読むと「景観」という言葉が散見されることから、絶妙な配置といえよう。ディキンスンも使ったウェブスター英語辞典（一八四四）に拠ると、この語は「絵のように美しい景観」を意味し、その一例としてホリヨーク山からの眺望が挙げられている。

ホリヨーク山からの眺めで思い出されるのはトマス・コールの有名な絵「オックスボウ」（一八三六）だ。山頂からコネティカット川が蛇行しつつU字形をなしているところに惹かれ、雷雨直後のその谷間の壮大な眺望を彼は鳥瞰的に描いた。一方ディキンスンは、ホームステッドの窓から見える景観を虫瞰的に描いている。

二　ディキンスンとコール

コールの有名な絵「オックスボウ」とこの詩を比較、対照すると、自然観察者としての詩人の立ち位置が明確になる。また彼女の小さきものたちへの眼差しの特殊性と斬新な描き方が際立つ。コールは、右にコネティカット川流域の平野を配し、左に荒野を描いて、自然と文明のコントラストを浮き彫りにしている。彼は山頂から「最も美しい風景」を眺望し、パノラマ技法を駆使し、米国の人々の心をつかんだ。ドワイトが「ニューイングランドの最も肥沃な景色」と称した「農場と草原と森、教会と村、丘と谷、山と平野」と未だアメリカに残る荒野を、対照的に、「オックスボウ」に配置したのだ（三一八―一九）。[1]

コールが山頂から神に近い視点で愛でた風景を、ディキンスンは逆アングルから日々見つめ、自室の窓枠を通し見える印象画を提示する。風景の荒々しくて粗野な形態と構成は削り取られ、慣れ親しんだ風景を構成するもの達が登場する。カケス、松、リス、農夫など、日常性が支配する。コールの作品で体感するような「サブライム」感覚はここにはない。ディキンスンは一行目にピクチャレスク時代のパノラマ的視覚体験を示唆するが、二行目からは内面に映る小文字の風景(scenery)を描いているだけだ。個人的な記憶を宿す松、その周囲を飛行する鳥、大地と太陽から構成される内陸の風景。詩人にとって身近なものから成る風景だ。

ニューイングランドの冬は三色で彩られる。カケスの青、常緑樹の緑、雪景色の白。詩人は一年中自分の庭で生活するものたちを描く。リスが登場するのは、春近い三月頃であろうか。最終連で神の存在が暗示されている事実から、キリストの復活を記念するイースター頃かもしれない。

写実主義者でもありロマンティストでもあったディキンスンとコールは、鋭敏な自然観照を通し、天に思いを馳せる。コールがアメリカの自然をパノラマ的展望で描くのに対しディキンスンは閉ざされた窓から透視画法で描く。この技法の違いにこそ、二人の宗教観の違いが投影されている。ディキンスンの立ち位置は、反支配的、地上的。人間の視点から彼方の世界を見ている。

十九世紀中頃のアメリカ文化に影響を与えた、ジョン・ラスキンとウイリアム・ワーズワースは、壮大な物より小さな物の中に神の声を聴こうとする意識の変化をもたらしていた。ディキンスンについても特記すべきは、彼女は週末の旅行客として自然を観賞していたのではなく、土着の観察者であったということだ。自室の窓から見続けた風景が彼女の創作の源泉となったことは間違いない。

コールの絵は非日常空間で支配的視点を獲得するのみならず、聖なるヴィジョンを得ることが示唆されている。預言者モーゼがピスガ山にて神の声を聴いたのも山頂であった。

モーゼが山頂から眺めたであろう風景を歌った行が初期のディキンスン作品（一一四番）に挿入されている。当時流行していたチャールズ・H・スパージョンの説教集から引証されているようだ。しかし、一八六四年に書かれたこの作品では、話者は山頂ではなく、寝室の閉ざされた窓から見える松を通し神の声を聴こうとしている。

三　窓から見える松

エミリの父エドワード・ディキンスンは、一八五五年ホームステッドを買戻し修復工事に着手した。その時風光明媚なコネティカット川流域の田園地帯を借景とするため、より多くの窓を増設した。特に最上階にクーポラを設け、全景を見渡せる八つの窓を取り付けた。ディキンスンは当時の景観を、自宅の窓から風景窓画として眺める特権を名士の娘として得た。特にこの詩の背景となっている冬、刻一刻と姿を変える自然の驚異に詩人は慰められただろう。自室の窓枠に手を置き、馴染みのカケスやリスを眺める詩人の姿が想像される。

この詩は、松で始まり松で終わる。旧約聖書からの引用が示すとおり、松を媒介として現世と来世が結び付けられている。マーサ・ディキンスン・ビアンキの伝記に拠ると、松は生後約十年間と、父親が家を買戻した一八五五年四月から死を迎える迄詩人が過ごした家の記憶と深く結びついていた。寝室の窓辺に凛と立つ大きな白松は詩人の原風景だった。家が売却され一時期離れざるをえなかった十五年余り「その時から父の家の松の影により強く執着するようになった」という（四八）。[2] ディキンスンの棺にはスミレと地上に生えた松の枝が入れられたという。詩人が松を地上と天上を結ぶ具象として考えていたことは明白だ。

ディキンスンにとって風景とは自然そのものではなく、自然（松）についての記憶であった。彼女は自然を意識化し、相互関係の中で内面化することにより、初めて松が彼女にとって特別な意味を持つと考える詩人だった。しかし、自然科学の教育を受けた彼女は、眼前の松を松として描く詩人でもあった。エマスンやソローの若干観念的な松の描写とも一線を画す彼女の科学的視点は、最終連において眼前の松に視点を固定する。当時宗教的問いに自然科学を駆使し解明しようとした自然神学の時代、ディキンスンもこの作品で、松を通し神の存在を感知しようとしたともいえよう。

松は見えない世界と現世を結ぶ役割を担う。松のスパイスと匂いは内陸の取引があるとするなら、「運ばれてくる匂いで推論できる」。物と心のギャップを埋めるメタファーの二重構造、二つのものを一つに統一する松により、読者は内奥に入ることができる。自然界の具象を直感的に見る行為から、精神的真実を表現する詩的言語が生まれるとピューリタン詩人は考えた。外と内の深い繋がりはディキンスンが敬愛したラスキンの「風景のモラル」が参考となるだろう。外の風景と内なるモラルを前置詞 (of) で結ぶ構成は、この詩でも踏襲されている。観察者の心の成長が風景の変容をもたらす。詩人は五感により空間評価し、自分の好みの風景を窓により切り取り眺めていたのだ。

美術史家マーサ・ホピンはホリオーク山からの眺望を、山頂、ハドリー側、牧草地からと三方向に分類している。十九世紀前半には山頂からの眺望が流行したが、十九世紀後半には地上からの眺めが多くの芸術家を惹き付けたと言及している。彼らは「パノラマ的展望より、親密な風景をより好み、この地域を芸術的に表現することにより、自然を示唆に富む主観的印象に基づく解釈で描くようになった」(五六)。[3] ホピンに拠れば、山の景観より肥沃な大地を描く傾向は十九世紀後半米国風景画の趨勢だったようだ。自分の好みの風景を切り取り視点の固定化を計るディキンスン特有の描き方、底辺からの眺めは、その時代の感性であったのかもしれない。

四　風景と神

当時アメリカ文化に最も影響を与えたラスキンは、神は崇高なるサブライムな風景の中にあるのではなく、「静かな小さな声」の中にあると主張していた。この考え方はディキンスンの宗教美学に少なからず影響を与えたに違いない。

「メロディーの定義は／定義のないこと」とするディキンスンの考え方は、他の宗教詩(七九七番）の二行「美の定義は／定義のないこと」とほぼ同じ意味だと解釈できる。美とは極めて個人的価値判断であり、自分が美しいと思う姿に殉じることであるとするならば、確かに定義することはできない。イエス・キリストの殉教の姿を重ねると、「メロディーは私たちの信仰に訴えかける／内陸の風景は視界に訴えかける」は理解できる。

ディキンスンはこの風景を二行目のメタファー「帆船の浮かぶ海」と形容する。一義的には庭一面松笠と松葉が敷き詰められたありさまを「海」に見立てている。松の幹で作られる船のイメージが重なっているが、不定冠詞の「海」から、青緑色の松葉のみならず、眼前に広がるアマストの自然の豊かさと広大さが想像できる。海に行ったことのない詩人が見た「海」とは、小さな庭に敷き詰められた青緑色の松葉と松笠の「絨毯」だったのかもしれない。

レオ・マルクスは『楽園と機械文明』の中で、神話としての庭と実際の庭の二種類の庭が米国史に共存した事実に触れ、自然の楽園の存在が実際の庭の出現を妨げたと指摘している（八四）[4]。十九世紀前半コールが描いた庭は新しい「エデンの園」としての神話の庭を想像できるが、ディキンスンの作品には神話的雰囲気は感じられない。彼女がこの作品を書いた十九世紀後半には、実際アマストには多くの庭が現出し、詩人はホームステッドの小さな庭を耕す庭師として日々過ごしていたのだ。

ディキンスンはアメリカの景観に内在する神性に対し、敬虔な理解を示しながらも、景観は彼女の感性に訴えかける存在に留まっているところが特徴的だ。

アマストのディキンスンの寝室には一枚の風景画が、今でも飾られている。彼女が画家であったなら、モネのように個人の深い内面世界を投影した庭の絵を描いていただろう。

注

1 Timothy Dwight. *Travels in New-England and New-York*. Vol. 1, Charles Wood, 1823.
2 Martha Dickinson Bianchi. *The Life and Letters of Emily Dickinson*. Houghton Mifflin, 1932.
3 Martha Hoppin. "Depicting Mount Holyoke: A Dialogue with the Past." *Changing Prospects: The View from Mount Holyoke*. Cornell UP, 2002.
4 Leo Marx. *The Machine in the Garden: Technology and the Pastoral Ideal in America*. Oxford UP, 1964. 『楽園と機械文明』榊原胖夫・明石紀雄訳、研究社、一九七二。

九六二

「春にひとつの光があらわれる」

金澤　淳子

A Light exists in Spring
Not present on the Year
At any other period –
When March is scarcely here
A Color stands abroad
On Solitary Fields
That Science cannot overtake
But Human Nature feels.

It waits opon the Lawn,
It shows the furthest Tree
Opon the furthest Slope you know
It almost speaks to you.

Then as Horizons step
Or Noons report away
Without the Formula of sound
It passes and we stay –

A quality of loss
Affecting our Content
As Trade had suddenly encroached
Opon a Sacrament –

春にひとつの光があらわれる
一年の
他のときにはない
三月がここにようやくやってくる頃
ひとつの色が向こうに
寂しい野に立ちあがる
科学はそれに追いつくことはできない
でも人間の本性なら感じる。

それは芝土で待ち
あなたの知る一番遠くの丘陵地にある
一番遠くの木を見せる
いまにもこちらに話し掛けんばかり

それから地平線が歩みを進める
或いは昼が
音の公式もなく立ち去る
それは過ぎわたしたちは佇む

喪失の性質が
わたしたちの満足に作用する
かつて商いが突然礼典に
闖入したことがあったように

一　今、「ここに」立つ

語り手は光を見つめながら、今、「ここに」立つ。一条の光に春の兆しを捉えるが、それもほんの一瞬のこと。光は遥か遠くにあったかと思うと、近づいてくる。が、つぎの瞬間についと消える。その余韻と共に喪失感が残る。

ディキンスンの詩は「光」(light) から紡ぎだされる──「果樹園に突然光が射したり、風に新しい様子を感じたりすると私の注意力が波立ちました──麻痺すると、詩が和らげてくれるのです」(書簡二六五番)。同時代を生きたヘンリ・アダムズはニューイングランドの特徴的な光を次のように記す──「ニューイングランドの光はぎらぎらと眩しく、大気は色をどぎつくする。」矢の如く心に射しこんでくる光。その光が強烈な分、闇も一層深い。そのコントラストの激しさもアダムズは強調する。

この九六二番の詩と同じく「一条の光が斜めに射す」(三二〇番) の詩も光から始まる。九六二番では春を告げる光であり、三二〇番では冬の午後、大聖堂の窓から射しこむ光である。

一条の光が斜めに射す
冬の午後に
それは圧し掛かる、大聖堂の
調べの重さのように

この光から「天の痛み」を受けて、語り手は心の中の疼きをじっくりとなぞっていく。一方、「春にひとつの光があらわれる」(九六二番) では、語り手は早春の野に立つか、窓から遥か遠くを見つめている。丘陵の向こう、地平線まで見渡しながら、光が出現し、接近して、消え去る動きを目で追う。

春の先駆けとなる光は迷うことなくそれとわかる。冬の間に凍てついた「寂しい」野に、それは忽然と姿を見せる。シェイクスピアのソネット九八番の、春爛漫の「はなやかに色とりどりの四月」("proud-pied April")にはまだ至らない。アンドリュー・ワイエスの描く、灰色の空の下に広がる、荒涼とした、木々の輪郭ばかりが目立つ野が相応しい。

すると、俄かに風景が動き出す。光も、昼も、そして地平線までも揺らぎ始め、その動きは生き物を思わせる――「待つ」「見せる」「話し掛ける」「過ぎる」「報せる」「歩みを進める。」動くのは風景であって、ひとはただ一連の動きを見つめるだけ。やがて時が過ぎ、気が付くとひとり取り残されている。

どちらの詩も、光を見つめ、「喪失の性質」から受けた作用に思いを馳せる。こうした場面から、個人的な経験に裏打ちされた声を拾いあげてみたい。

二　アマストを離れて

ディキンスンがこの詩を清書したのは一八六五年頃とされる。同じ年に二二九篇の詩を清書しており、その数は生涯で最多の一八六三年の二九五篇に次ぐ多さになる(フランクリン版に拠る)。一八六四年から一八六五年にかけて、眼の治療のためにアマストを離れて、二回にわたって長期間ボストンに滞在している――一八六四年四月後半から十一月二十一日までまず滞在し、帰宅後の恢復が思わしくなく、再び一八六五年四月一日から十月までおよそ十四か月の期間、ケンブリッジ地区で従姉妹のノアクロス姉妹の下宿で過ごしている。

二二九篇という数は、眼の病気を考えてもかなりの多さだ。この頃の詩のまとめ方も変化している。それまでは、ふたつに折りたたんだ紙に詩を清書して、数枚まとめて糸で綴った「草稿集」を作り続けていた。一八五八年頃から始めたこの作業も、一八六四年頃の四〇冊目でひと区切りとなる。この綴じていない紙片の詩には、ボストンでの成果も含まれていると考えられる。

眼の治療にあたったヘンリ・ウィラード・ウィリアムズ医師の診断書がないため、病状そのものについては推測の域をでない。外斜視の可能性、遺伝的影響による疾病などがこれまで挙げられてきたが真相は定かでない。医者からは、なるべく光を避けて屋内で過ごすように指示され、眼帯着用を勧められていたらしい。ボストンからT・W・ヒギンスンに宛てた手紙では、次のように眼科治療と詩作について触れている。

> 九月から加減が悪く、四月からボストンでお医者様の世話になっています。私を解放してくれません。それでも監獄で仕事をしています。私のお客様をもてなしています。（書簡二九〇番）

ここでの「仕事」とは詩作のことだろう。同じボストンからの手紙でも妹ラヴィニア宛ての手紙では「仕事」の意味が異なる。自分の留守中を案じて「具合が良く成り次第、全力で仕事をしますからね」（書簡二九五番）と、明らかに家事を指す。大きな屋敷を構え、来客の多いディキンスン家では、女性達の家事の負担は相当なものだったらしく、ラヴィニアには家事についての気遣いが目立つ。

一方、ヒギンスン宛ての手紙の「お客様」は「詩神（ミューズ）」のことだろう。そもそも一八六二年四月に、詩作の指導をヒギンスンに乞うかたちで文通が始まった。それ以来、ヒギンスンとの文通では極力、詩人としての姿勢で臨んでいる。眼の具合が悪く、アマストを離れて都会ボストンで長期滞在し、しかも下宿の「監獄」においてもなお、詩作を続けていることを伝える。眼の具合について、妹ラヴィニアには次のように書いている――「お医者様は、書くことを望んでいません」（書簡二八九番）、「ひとりでは歩けないことをあなたに伝えなさいと、お医者様は仰っています」（書簡二九五番）。またヒギンスンには「お医者様が私のペンを持ち去ってしまいました」（書簡二九〇番）とも書いている。

ボストンでは当初、読み書きを止められていたらしい。そのような状況であっても、ディキンスンは詩作を諦めなかったと思われる。眼帯をしながら、頭の中で言葉を思い巡らしていたのかもしれない。或いは、部屋の椅子に座ったまま言葉を考えていたかもしれない。または部屋の中をゆっくりと行きつ戻りつしながら、声に出して「詩作」していたのかもしれない。ペンがなくとも「詩作」はできただろう。そして、アマストに帰宅すると、記憶を頼りに次々と詩を書き留めていったのではないか。ボストンでの日々、ふと掴みかけた詩の一節で取り逃がしてしまったものもあるにちがいない。

七か月のボストン滞在を経て、一度アマストに戻ったものの恢復が捗々しくなく、ノアクロス姉妹に次のように報告している。

> 眼はあなたたちと一緒のときのように、良いときもあれば、悲しい状態のときもあります。帰宅した時と較べて悪くなっているとも良くなったとも思えません。雪明りが目に障りますし、家の明かりも眩しいくらいです。
> （書簡三〇二番）

「光」が神経に障り、ふだんの暮しで支障が多い。ディキンスンのもどかしい思いが伝わる。そのせいだろうか、この詩では、語り手はひたすら佇み、じっと目を凝らす。まるで自分の視界の回復を、極力確認するかのように、形容詞の最上級を用いて「一番遠くにある木」や「一番遠くにある丘陵地の木」が光によって浮かび上がるのを見つめる。韻律は弱強三歩格で、比較的、規則正しく進む。けれども二連目の二行目と三行目で“furthest”を繰り返すことで、三行目は四歩格に伸びている。歩格を延長してまでも、「遠く」へと、その視界の限界を見極めようとするかのように。

しかも「芝土」(Lawn)、「木」(Tree)、「丘陵」(Slope)、「地平線」(Horizon) など、風景と関わる単語は大文字で強調されている。ただひたすら風景を見渡す。光は「今にも話そうとする」が話さない。「音の形式」もなく昼は立ち去って、辺りは薄暗くなる。視覚を補うかのように、じっと意識を凝らす。長い冬の後、春の到来を告げる使者として、光はその存在を表わしながらも、日の翳りとともにすっと姿を消す。

三　アマストの自然に思いを馳せる

ボストンからの手紙には、アマストの自然に思いを馳せるディキンスンの姿が窺われる。人口三千人ほどのアマストと、十九万人ほど（一八六五年）のボストン。ケンブリッジ地区のオースティン通りに位置する下宿には、オーナーのバングス夫人の家族が少なくとも三人、ノアクロス姉妹、後になって三人ほど入居してきたため、ディキンスン以外にも八人ほどが暮らしていたことになる。山々に囲まれたアマストで、果樹園や庭が広がる敷地で暮らしていたディキンスンにとって、目の病を抱えてのボストンの下宿暮しは辛かったにちがいない。ボストンに着いて間もない頃、兄の妻スーザンに次のように書いている。

あの「蜂」と「キンポウゲ」を引き取ってください――彼に相応しい野原はないのだから。

（書簡二八八番）

数カ月後に同じくスーザンに送った手紙には次のような言葉もある。

あなたにお会いできればどんなにか良いのだけれど　草を見たり、風が果樹園をあの自由なやりかたで吹く音を聞いたりしたいわ　りんごは熟しているかしら　雁は渡ってしまったかしら　睡蓮の種はとっておいたかしら。
（書簡二九四番）

また、先にも触れた手紙では、ヒギンスンに次のように書いている。

カルロ［愛犬］は来ませんでした、牢獄で、死んでしまうからです、そして山々も、ここに抱えてくることはできませんでした、そこで詩神たちを持ってきました。
（書簡二九〇番）

都会のボストンで、アマストの自然を恋い焦がれる。草の色、風の音、渡り鳥、果実の色づきと風味、新たな生命を宿した種の重み――日々の営みの中で季節を感じつつ、秋の到来を迎えてきた、その暮らしの手応えを想う。アマストでの日常を離れて、よりいっそうその貴さを感じているのだろう。

四 「喪失の性質」

「春にひとつの光があらわれる」（九六二番）の最終連の「喪失の性質」（"a quality of loss"）は何を意味するのだろうか。宗教用語「礼典」（"Sacrament"）も唐突に出てくる。「礼典」とは、プロテスタントにおいて、洗礼と聖餐を指す。聖餐式で聖別されたパンと葡萄酒を拝受するように、この詩では人智を超えた、遥かなものを身体的に捉える経験を想定できるだろう。ヘレン・ヴェンドラーは『カンタベリー物語』の免罪符売りの話を仄めかすものと解釈する（三七八）。

早春、一筋の光に直感的に季節の動きを感じる。或いはボストンの商業地区の雑踏にあって、ふと何かこの世を超えた、形而上的なものを摑みかけた瞬間があったのかもしれない。自然豊かなアマストと都会のボストン――このふたつの土地を行き来した経験があったからこそ、一筋の光に惹きつけられる一瞬があり得たのではないか。

ディキンスンが滞在したケンブリッジの下宿は、当時の住所ではケンブリッジポート、オースティン通り八六番地にあたる。バングス夫人が切り盛りする下宿は、鵜野ひろ子氏の綿密な調査によると、一八七三年作成の地図では一二四番地に相当する。そこから一ブロック歩くと、メインストリートを境に商業地区になり、ヘイマーケット・スクウェア（現在はセントラル・スクウェア）の鉄道馬車のターミナルから馬車に乗り、二マイル離れたアーリントン・ストリート十五番地に住むウィリアムズ医師の家に治療で通ったことになる。その道筋をジョン・エヴァンジェリスト・ウォルシュを参考に現代の地図で辿ると、次のようになる――ヘイマーケット・スクウェアからそのままマサチューセッツ・アヴェニューを進む。ハーヴァード・ブリッジを通ってチャールズ川を渡り、コモンウェルス・アヴェニューで左折する。医師の家はコモンウェルス・アヴェニューとニュベリー・ストリートの間のブロックに位置し、アーリントン十五番地になる。下宿から二マイルほどの道筋を、どのくらいの頻度で通ったのかはわからない。十四カ月近くの滞在中、ディキンスンが何度か辿った道筋で、次の詩が生まれたのではないかと、思いたくなる。

ボストンからヒギンスンに送った手紙（書簡二九〇番）には「わたしが知る唯一の知らせは」（四〇五番）の詩の一節が引用されており、第三連は次のようになる。

わたしが出会うのは
神さまだけ　唯一の通る道は
存在　これを渡るときに。

鉄道馬車で他の同乗者と共に揺られながらボストンの通りを過ぎ、川を渡っていく。そんな折に、永遠について、神について、思いを巡らしながら移動する。そうした体験から生まれたのではないかとさえ思えてくる一節である。その延長線上に、九六二番の詩を置くならば、「喪失感」もこう説明ができるのではないか。眼科医への道筋を辿りながら、アマストの風景に思いを馳せる。ふと一瞬、光を意識する、その記憶の余韻を掴んだと思った、その一瞬後には、現実の雑踏に「侵害」され、「喪失感」が残る――そんな経験に裏打ちされているのではないか。

五　光の分断

九六二番の詩が清書された紙片には、もう一篇「光」を扱った詩「空気から空気を払いのけてごらん」（九六三番）がある。「春にひとつの光があらわれる」の語り手が遠くの光をじっと見つめるのとは対照的に、九六二番では、「光」の本質を解明しようとするかのように、無謀な命令形が冒頭に連なる。

空気から空気を払いのけてごらん
敢えて光を分断してごらん
それでもまた一緒になるだろう
一滴のなかの立方体
あるいは球粒の形が
適合する

まるで、九六二番で逃した「光」を追いかけるかのようだ。「光」や「空気」に挑むようでもある。が、つぎの三行目で、手を加えようとしても所詮は無駄であることを伝えている。ディキンスンが用いたウェブスターの辞書では、“light”の項目に「いまでは一般的に光は流動体と考えられている」とあり、その速さも「分速一二〇〇万マイルもの空間を移動する」と具体的な数字が載る。ディキンスンが生きた時代が「物理学の黄金時代」であったとコーディ・マーズは述べ、この九六三番の詩が清書された前年、一八六四年には『アトランティック・マンスリー』(ディキンスン家が購読していた)にマイケル・ファラデーの記事が掲載されたことを指摘する。科学の新説が次々と発表され、光をめぐるひとびとの意識が塗り替えられていった時代である。

けれども直前の詩「春にひとつの光があらわれる」(九六二番)では、科学も「追いつくことのできない」光を「人間の性質」が捉える。季節の歩みに交差し、春の兆しを感じ取る。出現と消散、科学と人間の性質、満足と喪失。ほんの束の間の光との邂逅にはいくつもの波動が生じる。今、「ここに」立ち、一条の光からどれほどのものを受け止めることができるのか――日々の積み重ねのなかで埋もれた影の記憶をも、光は引き出す力を持つ。そのことをこの詩は伝える。

参考文献

Adams, Henry. *The Education of Henry Adams*. London: Penguin Press, 1995.

Marrs, Cody. "Dickinson's Physics." *The New Emily Dickinson Studies*, edited by Michelle Kohler. Cambridge: Cambridge UP, 2019. 155–67.

Uno, Hiroko. *Emily Dickinson Visits Boston*. Kyoto: Yamaguchi Publishing House, 1990.

Vendler, Helen. *Dickinson: Selected Poems and Commentaries*. Cambridge: Belknap Press of Harvard UP, 2010.

Walsh, John Evangelist. *Emily Dickinson in Love: The Case for Otis Lord*. New Brunswick: Rutgers UP, 2012.

九八三

「ミツバチさん!　お待ちしています!」

——ディキンスンの遊び心

吉田　要

一　生き物たちの共演

エミリ・ディキンスンは植物はもちろんのこと、小ぶりな生き物も好んで詩に描いた詩人として知られている。本書の第一弾『私の好きなエミリ・ディキンスンの詩』に取り上げられた諸作品においても、コマツグミやムクドリモドキ、蝶、ミツバチ、マルハナバチ、カエル、ミミズ、カブトムシ、クモ、ネズミ、コオロギといった生き物があちらこちらに顔を覗かせている。時には一篇の詩の中でそれらが大きな存在感を発揮することも珍しくはない。

一篇の詩の中に一種類の生き物しか登場しないということもない。複数の生き物が一篇の中でおのおの役割を演じていることもある。次の詩は小さな生き物たちが共演している詩である。

Bee! I'm expecting you!

Was saying Yesterday
To Somebody you know
That you were due –

The Frogs got Home last Week –
Are settled, and at work –
Birds mostly back –
The Clover warm and thick –

You'll get my Letter by
The Seventeenth; Reply
Or better, be with me –
Your's, Fly.

ミツバチさん！　お待ちしています！
昨日　話していました
あなたも知っている方に
あなたがもういらっしゃる頃だと

カエルさんたちは先週　帰ってきました
腰をすえて、仕事をしています
トリさんたちもほとんど戻ってきました
クローバーはぬくぬくと生い茂っています

私の手紙を受け取るでしょう
十七日までには。お返事をください
できれば、私のところに来てくださいね
草々　ハエより

この詩は語り手の「私」がミツバチに対して快活に声をかけることから始まる。語り手はミツバチとの共通の友人とミツバチの噂話をしていて、そろそろ姿を見せてもいい頃だと待ち遠しい思いを表明している。春の訪れとともにカエルが冬眠から目覚めて活動を始め、渡り鳥たちが越冬地から戻ってきた。それに加え、クローバーも繁茂してミツバチがいつでも採蜜できる状況になっていることを報告し、その登場を乞い願う思いをぶつけている。ミツバチを待望する声の発信方法はというと、ミツバチに対面してではなく、手紙文を通してであることが「草々」という結語によって最後に判明し、語り手であるところの手紙の主がハエであるというオチまでついたユーモラスな詩である。

二　ミツバチ、カエル、トリ

ディキンスンの全詩作品を見てみると、昆虫類ではミツバチの登場回数が最も多く、実に百を超える詩でその姿を確認することができる。この数から、ディキンスン家の敷地に――庭園や果樹園、菜園、牧草地、それからおそらくは軒先や戸口、そして時には室内にも――飛びかうミツバチが彼女を魅了する生き物であったことが容易に想像できる。各詩で多種多様な描かれ方がなされているが、彼女にとってミツバチは、羽音によって音楽を提供し、羽によって空を舞う自由を渇望させる生き物だ。採集する蜜や蜜の採集自体によっても陶酔感を夢想させ、無限の想像力を発動させもする。更には、花蜜という酒によって語り手をも昼間からへべれけにしてしまう。自分なりの名声を探求したディキンスンにとって、名声という名のミツバチは飛び去ってしまう代物でもあった。

空を飛ぶミツバチとは少し異なり、カエルは跳躍を試みてもすぐに着地してしまう生き物だ。しかし、ディキンスンにとってのカエルはミツバチほどではないにしても、愛らしい存在であったようだ。「私は誰でもない！　あなたは？」（二六〇番）に見られるように、自分の名前を連呼するカエルを疎ましく思う一方で、スプリンフィールド・リパブリカン紙を発行し、ディキンスン家とも親交の深かったサミュエル・ボールズには、一八六二年の春に次のような書簡文を書き送っている。

カエルたちが本日　甘美な歌声をあげています　彼らはとても心地よく　くつろいだ時間を過ごしています　なんて素敵なことでしょう　カエルであることは！

（書簡二六二番）

その独特な歌声と優雅にも思える時間の過ごし方に、詩人が憧れを抱いていたことが読み取れる一文だ。もっとも、ボールズには後に「甘美なカエルが水たまりでぺちゃくちゃ鳴いている」（書簡六〇九番）とも綴っているので、憧憬いっぽうとは決して言えない。それでも心惹かれる対象であったことは確かだろう。

ミツバチを大きく凌駕するように空を翔ける鳥もディキンスンの詩にはお馴染みだ。鳥はミツバチのおおよそ二倍の頻度で彼女の詩に登場していて、ディキンスンがしばしば自己の姿や詩人としての姿を投影する媒体としても機能している。春を告げる鳥として彼女がよく取り上げているのはコマツグミ、ブルーバード、ハチドリ、フェーベなどである。「ミツバチさん！　お待ちしています！」の中では鳥の種類は特定されていないが、それゆえに何気ない単語が思わぬ広がりを帯びることになる。それは複数形で表現された「トリさんたち」が上記の鳥すべてを含みうると考えられるからだ。それに加えて、「ほとんど戻って」きたといった言い回しから、上記の鳥たちがいちどきに戻ってきたのではなく、少しずつ時期をずらすようにして舞い戻って来た様子が伝わってくる。

三　クローバー

ディキンスンは生涯、草花を愛し、十代の頃には野の草花を収集して標本を作製する一側面も持っていた。クローバーも彼女の『植物標本集』に加えられ、ラテン語名が付されている。当然のごとく、詩の中でもクローバーは多用されている。しかもその蜜を好物とするミツバチとともに描かれていることが少なくない。一七七九番では「大草原」を作り上げる構成要素としてクローバーとミツバチが第一に挙げられているし、十七番の詩ではミツバチが「クローバーの中に住んでいる」とまで表現されている。

クローバーはディキンスン邸の片隅にも生えていたであろうが、群生していた場所としてディキンスンに最も身近だったのは、ディキンスン家前の通りを挟んで広がっていた牧草地である。キンポウゲやノラニンジンとともに、クローバーは牧草地を形成する主要な植物だった。彼女の部屋からも眺めが効いた牧草地は彼女の詩心を大いに刺激したに違いなく、多くの詩の舞台になってるだけではなく、手紙の中でもよく言及され、更には彼女の散策コースにもなっていた。牧草地に生える草花やそこに行きかう鳥や蝶、ミツバチ、風、香りはディキンスンの創作の源泉となっていたのだ。

その牧草地はディキンスン家が所有していた。年代によって所有する面積は変動したが、ディキンスン家のあるマサチューセッツ州アマストの農業史をまとめた『収穫の歴史』（二〇一〇）によると、ディキンスンの祖父サミュエルの時代（一八二五年）は約一七エーカー、父エドワードの時代（一八五六年）は約一一・五エーカーだったという。その後も作付面積に多少の変動はあったが、ディキンスンの詩作が習作期から旺盛な時期に差しかかる頃にも、東京ドーム九個分に近い牧草地が広がっていた（一一七―一二二）。

牧草地は家畜とセットになっていると言っても過言ではない。ディキンスン家には馬、牛、豚などの家畜が飼育されていたが、牧草は乾草にされて冬場の飼料にされていた。そのため、牧草の刈り取りから納屋への貯蔵に至る過程もディキンスンの詩に活かされている。牧草の刈り取りはディキンスン家の使用人たちが中心になり、近隣の農家の手助けも得ながらなされた重労働であり、五八二番の詩からは談笑を差し挟みながらも絶え間なく続く行程だったことが読み取れる。

貯蔵に関しても乾草という形で詩や書簡文で好んで取り上げられている。「草の仕事はほんのわずかです」（三七九番）において牧草は蝶やミツバチの庇護役となりつつ、風にそよぎ、陽光を浴び、真珠のような露をまとう。乾草になる際には芳しい香りを漂わせ、夢を見ながら納屋に横たわる日々を過ごす。そんな乾草に語り手は「私も乾草だったらいいのに」とない物ねだりをして詩は閉じる。ここにはディキンスンの願望を読み込むことも可能だろう。

四　語り

「ミツバチさん！　お待ちしています！」の詩に戻って詩の構成を再確認してみると、この詩は語り手がミツバチに話しかける作りとなっていて、手紙の体裁をとっていた。ミツバチを誘う口実のように引き合いに出されているのはカエル、トリ、クローバーであったが、一連目の「あなたも知っている方」は何であるかはっきりしない。語り手のハエとミツバチに共通する知り合いとは、春の生き物、それも羽のあるものに限定すると、ディキンスンがやはりよく詩に描いていた蝶、あるいはマルハナバチあたりが連想される。このように想像力という遊び心を刺激する語りは、ディキンスンの持ち味の一つであると言っていい。「十七日まで」も類似する例だ。

彼女流の遊び心は、ミツバチは働き者のはずなのにまだやってきていないと気まぐれ屋のハエに急かされている構図や、ヘレン・ヴェンドラーが『ディキンスン――詩選と注釈』でも示しているように"be with me"と"bee with me"という言葉遊びが潜んでいるところにも見て取れる（三八三）。平明な言葉使いの中にも、随所に仕掛けを施しているかのようだ。

そして何と言っても、手紙という形式を最後に種明かしして、その書き手をハエとする芸当はディキンスン以外の詩人ではなかなかできないのではないか。ハエと言えば腐肉や排泄物にたかったり、伝染病を媒介したりする厄介者で、ディキンスンもほうきで追い払う対象としたり、「ハエがうなるのを聞いた　私が死ぬとき」（五九一番）に見られるように、死を間近に控えた語り手の前に神／死神（「王者」）に代わって現れて、反クライマックスを呼び起こす役目を担わせたりしている。そんな嫌われ者のハエを手紙の主にすることで滑稽さを発動しつつも、ミツバチやカエル、鳥と同等の立場に落とし込むことで読者の気分を害することなく、むしろ、おかしみの感覚を誘発させている。

これら諧謔の要素に加えて、ディキンスンを想起させる語り手とミツバチが等身大で提示されるのも大きな特徴の一つだ。最後までこの詩を読めば結末は分かってしまうが、少なくとも読み出しの段階では、ミツバチ好きなディキンスンという伝記的情報が災いして、語り手をディキンスンと誤読する読者が多いはずだ。なぞなぞ的な要素が含まれる詩の作り手として、ディキンスンは自分自身を差し出すようにして読者を大いに楽しませてくれるし、彼女自身もミツバチやカエルと戯れる自分を夢想したのではないだろうか。

手紙というディキンスンにとって欠かすことのできなかった媒体に倣っていながら、軽快な遊び心が満載のこの詩は、ディキンスンが軽やかな手さばきを披露している一篇と言えるのではないだろうか。

九九六

「聞いた、耳がないみたいに」
——ディキンスンのおうち訪問

石川　まりあ

一　おじゃまします

十二月十四日、昼下がりのアマスト。

冷たい雨が降りそそぐディキンスン邸で、エミリ・ディキンスンの「お誕生日会」があった。現在は博物館として公開されている生家は、銀行や図書館、カフェなどが並ぶ小さなダウンタウンから歩いてすぐの距離にある。「いらっしゃい、どうぞどうぞ」玄関でガイドが迎えてくれる。生きていれば百八十九歳の詩人のために、本人のレシピをもとにした四角いココナッツケーキが二つ、テーブルに飾られている。一階の居間では音楽の演奏。二階では、「これは世界にあてた私の手紙」(五一九番)の一節をもじった「世界からの返信」という企画で、子どもたちにまじってエミリへのポストカードを作成できる。二時半になると、みんなでハッピーバースデーを歌い、しっとり甘さひかえめのケーキをひときれもらった。二週間前に三十センチを超える大雪が降ったせいで、庭にはまだ白いものが残る。

アマストに暮らして三年目、毎年このイベントにおじゃましている。帰り道、ぬかるみを避けてバス停をめざしながら、邸のツアーガイドたちのことを考えていた。同じ家を案内するのにも、やや違う道順があり、それぞれの目のつけどころがある。ディキンスンの植物標本帳に時間をとる人。晩年の「恋人」ロード判事や義理の姉スーザンとの「恋愛」もようを楽しげに語る人。寝室につづく裏階段を見せ、窓辺に一時間座らせてくれた人もいる。他州から文学仲間の友人たちが訪ねてくれたときは、ぶ厚いファイルを抱えた達人がものすごい数の詩を引用し、歴史と逸話を突風のようにくりだしてゲストを圧倒、ということもあった。詩人との、家との、作品との距離感が、ひとりずつ違うのだ。

私はどうだろう。昔から、ディキンスンをお友達のように語れる人がうらやましい。「あの人はこうだよね」とか、「彼女ならこれはしないでしょ」とか。今回の集いもそうだった。おりしも詩人像を現代風に刷新したドラマ『ディキンスン』が公開されたばかり。書斎では、三年前の映画『静かなる情熱』のシンシア・ニクソン版、強くも悲しげなエミリと、最新のヘイリー・スタインフェルド版、意志と笑いではちきれそうなエミリをめぐり、ゲストたちが競うように意見をぶつけあう。しまいには「いろんなエミリに出会えるのが醍醐味ですよね」と、若手のガイドがとりなしている。

文学研究をしている、と初対面で話すと、作品や著者を語りだしたら止まらない人なのだろうと思われがちだが、私は正直、こういう場が苦手だ。そっと部屋を離れたり、そばの本棚や置物を調べはじめたりしてしまう。子どもの頃、好きなものは人に教えたくなかった。お気に入りのティーン向け小説を妹に「発見」されてしまったときは、秘密の木かげを取られたような、白けた気持ちになったものだ。

ただアカデミックな場では、そうは言っていられない。たとえば地元アマストで開催されるディキンスン国際学会。アメリカ中、世界中から集まった研究者たちが発表の会場で、コーヒー休憩で、自説や実践する教授法を論じる。夜のディナーでも当然、同じテーブルになった人たちと会話がはじまる。

どこで何を研究しているの、なぜディキンスンが好きなの、何がすごいと思うの。

こんなときのために、自分の考えや研究内容を数十秒で簡潔に紹介できるようにしなさい、と大学院で言われる。「エレベータースピーチ」というやつで、これがとても難しい。学部生のとき以来、作品を読んで考え、「おうち訪問」までしているのに、うまく説明できなくなる。恋人に「自分のどこが好き?」と聞かれて、出てくるのはありきたりの言葉ばかり、という焦りに似ている。いいことを言わなきゃ、と不安になるからだろうか。詩が話題のはずが、それを語る自分のほうに気をとられ、自意識過剰におちいるからか。それとも、批評という様式のトレーニング不足か。

二　ふしぎな距離感

このもやもやを抱えたまま、今回はあえてエレベータースピーチの反対をいってみたい。脱線したり、迷ったり、自分ツッコミを入れながら作品を語るのだ。

そもそもディキンスンには設定や文法など、意味のつながりが取りにくい作品が多く、読者の負担が重くなりがちだ。行は短く、単語は的確、イメージは鮮烈。警句のようなかっこよさ。でも、細かくつじつまを合わせようとすると、穴埋め問題を解くかのようで、解釈する自分の選択や判断を、これほど意識させられるときはない。

選んだのは、「聞いた、耳がないみたいに」（九九六番）。文法はわりとやさしいが、解釈が分かれる部分があり、翻訳しにくい詩だ。

ちょっと先回りすると、私がこの詩に惹かれるのは、ふしぎな「知りかた」が描かれているせいだと思う。聴覚、視覚、身体、の知覚とともに、「知る」という語が三回使われ、しかも“knew,” “know,” “knowest”と変化する。未知のもの、神秘的なものにどうアプローチするか、という問いはディキンスン作品にたびたび登場する。定義できない、目に見えない気配とどんな関係を築くのか。近づいたり、口にしたりしてもいいのか。その微妙な距離感そのものがテーマなのでは、と思える作品も多い。たとえば「ものすごい神秘が井戸に満ちている」（一四三三番）では、井戸の底の「神秘」（“Mystery”）に近い草をうらやんだあげく、人間の場合、そばへ近づくほど理解からは遠のく、という。
今回の詩ではどうだろう。

I heard, as if I had no Ear
Until a Vital Word
Came all the way from Life to me
And then I knew I heard –

I saw, as if my Eye were on
Another, till a Thing
And now I know 'twas Light, because
It fitted them, came in.

I dwelt, as if Myself were out,
My Body but within
Until a Might detected me
And set my Kernel in –

And Spirit turned unto the Dust

"Old Friend, thou knowest Me",
And Time went out to tell the News
And met Eternity

聞いた、耳がないみたいに
すると生ける言葉が
はるかの生から私をおとずれ
そのとき聞こえたのがわかった

見た、目がもう片っぽを
見ているみたいに　すると何かが
(今なら光だとわかる　だって
両目を直してくれたから) 入ってきた

住んでいた、じぶんが外側で
からだのほうが内側みたいに
すると偉大なる力が私を探しあて
中身をはめこんだ

そして魂は土に顔を向け
「なじみの友よ、私を知ってくれてるね」
そして時は知らせを伝えに出かけ
永遠と出会った

「聴覚」が中心となる、第一連から見ていこう。

冒頭、語り手の「耳がないかのよう」な状態から詩は始まる。聞いていたつもりが、じつはうまく音や声を受信できていなかった。ところが、「生ける言葉」が訪れると、はっきり聞こえた。あ、これが聞こえるということか、とはじめて「わかった」(“then I knew”)という感じかもしれない。よくソーシャルメディアで共有される「赤ちゃんがはじめて補聴器でママの声を聞いた瞬間」の動画みたいに。この詩は、とつぜん受信スイッチがオンになる、驚きの瞬間をとらえているようだ。

ここでふと疑問がわく——この“Vital Word”とは何だろう。ヨハネ福音書の「言葉は神であった」を思わせるから、宗教的な啓示？　ディキンスンは「私の詩は生きていますか」と手紙に書いているから、詩そのもの？「ほんとうの意味」のあてっこゲームを始めたくなる。

詩を暗号のように読むべきか、は院生の間でもたびたび話題になる。アメリカの博士課程では学費と生活費を保障されるかわり、英文科の院生がライティングや一般教養の文学の授業を受けもつ。コンピューターサイエンスや医学専攻など、文学にそこまで身の入らない学部生たちとどう詩を読もうか、誰もが悩むのだ。よく起こるのは、「メッセージの解読」をがんばってしまうこと。AにはBの意味が隠れていて、つまりはCと言いたいのだ、と。大学院でも、論文など知識の生産にかかわるジャンル、ビジネスなど市場価値を生みだす場面ではおきまりの、「だから何だ」「で、何に役だつの?」という問いを予期してか、詩がどんなすごい主張をしているのか、に議論が集中しがちだ。

ディキンスン作品は、多くが文脈や語り手の正体が明かされない「謎かけ詩」(riddles)ともとれるので、抜け落ちたり隠されたりしている意味を暴いてやろう、という構えで読むのも楽しい。でも、この詩では、「生ける言葉=神」のような一対一の関係に落としこまなくてもいいと思う。語り手の、思いがけなくわかるようになる、というプロセスが肝なのだとしたら、こちらも急いで解釈を決めるより、ひとつひとつ一緒に体験してみたい。

第二連では、「視覚」にピントが移る。目の向きにずれがあり、語り手はものを見るのに苦労していたらしい。そこへ「何か」が——今から考えると光が——入ってくる。"Fitted"は、ディキンスン愛用のウェブスター辞書にもある、「調節・調整する」の意味でいいだろうか。

この連は挿入が多い文構造になっていて、一瞬戸惑うし、どう訳そうか悩む。でも、たぶん、それこそが読みどころ。語り手の「え、さっきの何?」という当時の戸惑い、そして「ああ、あれは光だったんだな」("And now I know 'twas Light")という納得との間のずれが、読み手の体験としても発生するのがおもしろいのだ。第一連が瞬間的な体験を回想するのに対し、ここでは事後的な知りかたが描かれる。

三　変なものが来る

知覚のほかにもうひとつ、大切そうなものがある。何かが「やって来る」(come) という現象だ。語り手の耳や目が開けるのは、自分の努力ではなく、訪問者、闖入者というかたちで届く、奇跡や啓示のような出会いのおかげなのだ。

ディキンスンには謎の探求だけでなく、こうして語り手が予期しない、または自分からは求めないものが与えられる詩も多い。たとえば「君にしようか、と詩人は言った」(一二四三番) では、詩作中に辞書を引きつつ言葉の「候補」を待たせていると、呼びもしない言葉が勝手に志願して入ってくる。もちろんディキンスンが描く知にも、探偵や科学者のように手がかりを集めて推論したり、探検家のように未踏の地へ調査に出かけたりと、攻めの方法もある。でもこの詩では、それとは少し違う、いわば「受け身の知」を語ってくれているようだ。

ただし、第三連に入ると、この現象への微妙な態度が透けてくる。

やはり語り手は身体的な困難を抱えている。「自分」が外側で身体が内側、というから、精神と肉体なのか、皮と種なのか、とにかく、ものごとが裏がえしになった状態で暮らしているらしい。そこへ「私」を探しに来てくれたのは、なんと神をも思わせる「偉大な力」だ。耳や目（部分）から身体（全体）へ話が広がったところで、今度はどんな機能が備わるのか、期待も高まる。

ところが、ここにきて、語り手の様子が少しおかしい。注目したいのは、"detected me" の部分。たんに、見つけてくれた、と読んでもいいのだが、十九世紀なかばに使われはじめる「探偵」(detective) や、現代の「レーダー探知機」(radar detector) の語にも表れるように、動詞 "detect" には、隠された秘密や罪を暴いたり、かすかな気配をするどく探知したり、という「発覚」「検出」のニュアンスもつきまとう。ただここで、え、見つかっちゃった、と探知力に驚いているように見えるのは、語り手のほうだ。とすれば、大事な核 (Kernel) をはめてくれる「力」も、言葉や光も、ありがたい訪問者というだけではないのだろうか。

たとえば「私が死のために止まれなかったので」（四七九番）では、紳士然とした「死」が馬車をさしむけてお迎えに来てしまう。「すべてを失い、遠い地へ出かけた」（八八六番）では、墓が語り手の旅を先回りし、宿のベッドを横取りして、つきまとう子犬のようだ。怖さと親しさ、喜びと抵抗のとりあわせには、死の匂いもただよう。

最終連、どうやら予感は当たってしまう。「塵から来たものは塵に帰れ」という創世記の一節が連想される場面。ただ、二人称 "thou" は古めかしくもとても親しげな表現だ。三度目の「知る」(know) という語はここで、友への「私たち長いつきあいだよね」という気安い呼びかけとなる。これまでの新たに獲得する知とは違う、なじみの知がある。

そして、気づけば語り手の姿が消えている。

四　私はどこ？

第三連まで、受け身の態度とはいえ、情景の中心にはいつも主語の「私」(I) がいた。"I heard," "I saw," "I dwelt" の三連発には、カエサルの有名な "Veni, vidi, vici"（来て、見て、勝った）にもつうずる、決めぜりふの響きすらあった。

それなのに、この最終連で、語り手の「私」は字面から消えてしまう。かわって霊や土が会話をはじめ、これまで「来る」「はめこむ」など語り手を中心点にぐっと縮まるようだった世界が外に開いていく。空間的、時間的スケールも、語り手の目線や肉体の次元を離れ、遠くへ向かう ("went out")。「詩人はランプをともすだけ」（九三〇番）という作品でも、芸術の永遠性が、ひとりでに広がる光 ("vital Light") の波紋として描かれる。この外向きの運動が、「時」と「永遠」との出会いを体現しているのだ。

わかりかた、というテーマでいえば、読者にとって最終連は、オチがつく場面でもある。死後世界にまつわるなじみの概念がたくさん出てきて、やはり「生ける言葉」は神だろうか、と設定の答えあわせができそう。第三連の「はめこむ」感触は、べつの詩の、棺に納められる死者の体験にも似てる、と連想も広がる。

でも謎もたくさん残っている。たとえば、この詩はけっきょく、どの地点、どの時点、誰の視点から語られているのだろう。過去の瞬間を現在からふりかえる語りなので、語り手の「いま」があるようだが、本人はどこで何をしているのだろう。自分のお葬式を眺める死者のような視点なのか。あるいは最終連で語り手が交替するのか。その場合、「いま」とはいつのことだろう。そしていちばんの謎は、特別な知覚を授かり、永遠へと近づく語り手が何を知ることができたのか、はっきりとは明かされないことかもしれない。

そういう私も、自分の体験についてどこまで知っているだろう。一連ずつ自分の反応を記しながらたどってみよう、という今回の「実況中継」だって、じっさいの道のりはもっと複雑で、ディキンスンのいう「可能性の家」（四六六番）に迷いこむようだ。シャワーを浴び、朝ごはんを食べ、授業を教え、博士論文の断片を書きちらし、脱線して本を読み、夜くつろぎながらも明日の朝を心配し、という日々の生活のなか、同じ家を何度もめぐるかのように、詩の間取りを確かめ、動線を考え、外から内から眺めては、こうも動けるのか、私はこの窓が好きなのか、ここに本棚を置くのはどうか、と体験を何層にも重ねていく。書き終わる頃には、いつの自分がどう解釈したのか、分析結果なのか創作なのかよくわからなくなっている。

それに、家のほうも時とともに変わるかもしれない。代々の管理人によって改装され、壁紙や光の入りも当時とは違うし、庭の木々も大きくなっている。つぎに訪れてみたら、何かが新たに復元されたり発見されたりもしているだろう。春の花壇にも冬の温室にもたたずみたい。自分と言葉との関係に気をとられつつ、またできるだけぐずぐずと回ろうと思う。

一一六三

濵田　佐保子

「蜘蛛は夜、明かりもなしに」

A Spider sewed at Night
Without a Light
Opon an Arc of White –

If Ruff it was of Dame
Or Shroud of Gnome
Himself himself inform –

Of Immortality
His strategy
Was physiognomy –

蜘蛛は夜、明かりもなしに
白い弧の上で

縫物をした
それは貴婦人のひだ襟か
小鬼の経帷子か
自分で自分に語ること

蜘蛛の戦術は
不滅の
人相学であった

一　ディキンスンと蜘蛛

人々は蜘蛛を目にすると、どのような反応をするだろうか。多くの人々は、戸外で目にすると、あまり気に留めないかもしれないが、室内で見つけると、すぐに戸外に追い払ってしまうであろう。エミリ・ディキンスンは手紙で、「親愛なるお兄さん、あなたがここにいて下さったらと思う。あなたのいない部屋には、陽気で軽はずみな蜘蛛たちが隅に巣を張っている」（書簡五八番）と綴っている。蜘蛛への恐怖心と共に、ユーモラスで親しみを込めた感情を抱いている。

ディキンスンの五編の詩に蜘蛛は登場するが、その内四編において詩人として描かれている。

「蜘蛛は銀のボールをかかえている」（五一三番）では、蜘蛛が無心で巣を張っていく様子を編み物のイメージを入れて描いている。「蜘蛛は芸術家として」（一二七三番）では、蜘蛛は芸術家として優れた才能を持っているにもかかわらず世間から認められていない点に語り手は自分の姿を見ている。「私が知っている一番美しい家は」（一四四三番）では、詩を自然の中で蜘蛛と花が作った牧師館に例えている。

二　夜の世界の広がり

蜘蛛が巣を張る様子を、"weaved" や "spinned" ではなく、"sewed" を用いて裁縫をすることに例えて擬人化している。ディキンスンは、病弱な母に代わって、料理、洗濯、掃除など多くの家事をこなさなければならなかった。その一つが裁縫であった。それらの家事を「名誉ある仕事」（八五七番「彼女は彼の要求に立ち上がった」）と表現したこともあったが、多くの時間をとられることを嘆いている。縫物のためにいかに忙しかったかを繰り返し手紙の中で言及している（書簡一四番、書簡五八番、書簡一〇二番、書簡一二八番、書簡一三一番、書簡一五九番）。

ディキンスンは昼間は家事に追われ、夜になると、本通りに面した二階の自室にこもって、窓辺に置かれた小さな机で、ランプの薄明りの中で詩作した。太陽が照らされている昼間は、彼女にとって自由のない束縛された現実の世界であり、夜は想像力にあふれた空想的な世界であった。この詩は蜘蛛が巣を張るのは夜であるという生物学上の事実に基づいている。彼女にとって詩作に没頭することは、視覚や聴覚を遮断して自己の内面と向き合うことであり、暗闇という設定が最もイメージに合っている。「白い弧」が何を意味するのか断定することはできないが、詩を綴る白い用紙を想像していたのかもしれない。「白い選択の権利」（四一一番）と結びつけると、詩作する時の純粋な神へと通じる思いを感じる。「弧」はディキンスンが好んで使った言葉であるが、この世からあの世へとつながる拡大する空間を示している。蜘蛛の巣の横糸は曲線を描き、それぞれが「弧」の形を形成している。小さな蜘蛛は大きな面積の蜘蛛の巣を作り出すが、その蜘蛛の巣はさらに広大な空間への広がりを展開している。ヘレン・ヴェンドラーは『ディキンスン 詩選と解釈』において、「蜘蛛の巣の円周」と解釈している。ディキンスンは円周と言う言葉を様々な意味で使っているが、その一つは天国へとつながる空間ととらえている。「私の仕事は円周です」（書簡二六八番）で述べているように、円周は詩人として最も重要な概念だと考えていた。

三　内面描写

蜘蛛が巣を張りめぐらしていく様子に自らの詩作の姿を重ねているディキンスンは、出来上がっていく模様が何を意味しているのかを考える。一六世紀から一七世紀に上流階級の人々が身につけた円形にひだをとった白い襟だろうかと、心に抱く。シャロン・ライターは『エミリ・ディキンス

ン　生涯と作品への文学レファレンス』で、ひだ襟はロマンチックな愛を暗示していると読んでいる。あるいは、「小鬼の経帷子」であろうかと、彼女の想像力は見えない世界へと大きく飛躍する。小鬼は地中の宝を守ると信じられた地の精でおとなしく自然を慈しむ。手先が器用で知性も高く、優れた細工品を作る点が、この詩の蜘蛛との共通点である。ヒギンスンへの手紙でディキンスンは自分のことを「あなたの小鬼」（書簡二八〇番）と記している。トマス・ジョンスンは『エミリ・ディキンスン評伝』において、この手紙の説明として、小鬼と記しているのは、ヒギンスンが彼女の詩に格言のような（gnomic）、圧縮されすぎた性質があると言ったためであろうと推測している。つまり、「あなたの小鬼」という署名には、ヒギンスンへの皮肉と反発が込められているとも考えることができる。また、「私は一人ぼっちになることはない」（三〇三番）で、語り手の心に押し寄せる他者のような存在を小鬼と表現している。「経帷子」は埋葬する死体を包む白い布であるため、死が頭によぎっていると考えられる。続く「不滅」との関連を考えると、ここでの死は、死だけに終わるのではなく、次への展開を示している。詩作とは自分の内面を言葉へと置き換えていくことであった。ディキンスンが愛用していた辞書では、"inform"の一番目の意味として「活気づける」「生を与える、活力により行動させる」と記載している。彼女は言葉は使った時、生き始めると考えている（二七八番「言葉は話されると死ぬ」）。使われた言葉は、その人の考え、感情などを含んでいる化身であるとも言える。たとえば、「私は幸せです」という言葉は、二人として全く同じことを表していない。人それぞれの意味合いがある。活力なく生きることは、死んでいるのも同然だという考えを表明している（九六六番「死の打撃はある人にとっては、生の打撃」）。活力にあふれていることを意志を持つことと同等と考えている。また、周りが敷いた路線の上を歩いていた子供時代から脱皮した喜びを歌った三五三番（「わたしは譲歩した、彼らの一員であることをやめた」）において、「選んだり断ったりする意志（Will）」の異稿として、「力」（power）という言葉を記載している。さらに、「臨終なく死ぬこと」（一〇二七番）では、活力なく生きることは信仰へとつながらないと暗に述べている。活力による負から正の概念への転換を彼女の多くの詩で見ることができる。

四　詩の技法――人相学

最終連はなぜ“For”でなく“Or”を使っているのか理解に苦しむが、不滅を獲得するための戦略は人相学であると、ディキンスンの詩論を端的に表現している。「戦略」は戦争用語であり、目的に到達するための、大規模で総合的な入念に計算された計画を意味しているため、人相学は気まぐれではなく、確固たる自信が感じられる手段であることがわかる。不滅は彼女が生涯をかけて追い求めたテーマで、手紙では「洪水の主題」（書簡三一九番）と表現し、枚挙にいとまがないほどの詩で言及している。死がもたらす悲しみ、怒りから救ってくれる不滅を熱望した。しかし、不滅は獲得してもすぐ逃げていくことが多く、彼女は悩まされた。それだからこそ、一層、願望し、とりつかれ、どのように獲得できるか試行錯誤するのであった。

人相学は、外見、特に顔の容貌から人の気質や性格を判断することである。顔という単語をディキンスンは多くの詩で使っている。この世にいる時の顔が、天国では全く変化するが、それは内面の変化を反映しているという意味でいくつかの詩で用いている（八一番、三八九番、一二一九番、一一一三番）。顔への関心が人相学を重視する考えと関連していると考えられる。物事は内面に重要で巨大なものがあり、詩人の仕事はその内面を見抜くことである。蜘蛛の巣はすぐになくなってしまうが、表面から中を探った者の魂、蜘蛛との心のつながりは残る。不滅へのヒントをこの世で見出すためには、鋭い感受性、洞察力を必要とする。たとえば「あの小さな巣箱の中には／現実を夢に変え／多くの夢を現実に変える／そのような蜜の気配がある」（一六三三番）と歌っている。不滅を獲得するためには、巣箱に気づき、その中には、蜜がありそうだという気配を感じなければならない。気づいた者だけが、死が不滅に変わることを、そして不滅が消えていくことを感じることができる。蜜は詩人の感性、想像力に相当する。凝縮され香りが無限に広がっていく蜜は、ディキンスンの考える詩人の才能にぴったりと当てはまる。

五　おわりに

韻の面からこの詩を見ると、一連目は“Night”“Light”“White”二連目は“Dame”“Gnome”“inform”三連目は“Immortality”“strategy”“physiognomy”とそれぞれの連はすべての行の最後で押韻していることがわかる。彼女がいかに言葉の選択と配列にエネルギーを費やしたかをうかがうことができる。韻を踏むためもあり、語順は自由に入れ替えている。各行は二文字から五文字とバランスがとれていて、各連の最後はダッシュで終えている。このように視覚的にも配慮されている。

各連は有機的につながっている。一連目の「白い弧」は、二連目の「ひだ襟」と「経帷子」の白色へとつながっている。一連目における蜘蛛の孤立は、二連目で内へ向かう姿へとさらに強まっている。一連目の設定は狭い空間であるが、「弧」は重要な意味を持ち、三連目の「不滅」というあの世への展開がみられる。二連目から三連目は飛躍がみられるが、「経帷子」が示す死は不滅へと展開し、負を正へと変えている。

この詩にはディキンスンの多くの特徴が盛り込まれている。社会からの孤立、内面への探求、小さなものから大きな空間へ、白色が意味するもの、死から不滅へ、不滅獲得への方法、このような重大な題材が、蜘蛛が巣を張るという日常的な場面と結びつけている点に彼女の並外れた想像力を感じる。蜘蛛の巣の広がりの先に、目には見えない空間、時代を超えた大きな世界を彼女はとらえていたのである。

一二六三

「真実をすべて語りなさい　ただし斜交《はすか》いに語りなさい」

赤松　佳子

はじめに

真実とは何か、それを詩人はどう表現すべきなのかを、エミリ・ディキンスンは詩の中で語っている。このような詩群には、いつも何かしら謎めいた語が含まれていて、読者の鑑賞力を刺激する。その中で一二六三番「真実をすべて語りなさい／ただし斜交いに語りなさい」は、詩人としての彼女の信念が窺えるように思われる。また、形而上詩人との共通点のようなものも見受けられる。

一　真実の語り方

さて、本詩は一八七二年頃の作と推定されている。初めて出版されたのは、M・トッド夫人とその娘M・ビンガム共編の詩集『旋律の稲妻』で二連構成になっていたが、ジョンスン版（一九五五）以降、一連構成全八行という本来の姿に直されている。

Tell all the truth but tell it slant –
Success in Circuit lies
Too bright for our infirm Delight
The Truth's superb surprise
As Lightning to the Children eased
With explanation kind
The Truth must dazzle gradually
Or every man be blind –

真実をすべて語りなさい　ただし斜交いに語りなさい
迂回表現をしてこそ上手くいくというもの
真実の圧倒的な驚異は
我々のひ弱な喜びには眩しすぎます
適切な説明をしてやれば
稲妻もこどもたちには怖くないように
真実は徐々に目を眩ませるものでなくてはなりません
そうでなければ誰もが目が見えなくなります

八行という短い行の中に「真実」という言葉が三回出てくることから、「真実」について述べられ、中でも〈「真実」を表現すること〉に主眼があることが、一行目からわかる。問題は、「真実」、「斜交いに」、光のイメージに関わる言葉、という三者の関わりである。

J・L・キャップスは、初行が十九世紀イギリスの詩人ロバート・ブラウニングの『指輪と本』に似ていると指摘しており、ディキンスンの本詩はブラウニングの詩の読書感想として書かれたのではないかという。しかし、ブラウニングが平叙文を使用しているのに対してディキンスンは命令文を使い、「斜交いに」を示す語をブラウニングが多音節語 (obliquely)、ディキンスンは単音節語 (slant) を用いているという違いがある。ディキンスンの詩では初行はすべて単音節の語で構成されており、ブラウニングよりも口調が良く、力強い一節になっている。さらに、技巧的な面から詩の全体像を見てみると、基本的に一行目と二行目の冒頭の例外を除いて弱強のリズムで成り立ち、四歩格と三歩格がきれいに並んでいる構成になっている。また、[l] の流音が全体に見られ、[t] [s] [d] の子音が聴覚的に心地よい響きを作り出しており、脚韻の不規則性を補っている。

こうして命令形で且つ親しく語り掛ける調子で始まる本詩は、警句的であり、自戒の言葉でもあるようだ。二行目は一行目の言い換えにもなっており、「回り道」の隠喩を使って「迂回表現をしてこそ上手くいくもの」だと、真実を表現するには間接的な表現が一番だと主張している。なぜなら、真実は強烈な光に譬えられ、「人の目を眩ませるもの」という認識があるからである。真実は輝かしいものであるが、気を付けないと、人は目を見えなくされてしまう危険性を孕むものなのだ。ここには宗教的な含意があり、神ならぬ身である人間の「ひ弱な」目は真実を直視することはできないことが示唆されている。

注意したいのは、本詩の語り手は、一般人が直視できない真実の光を見ることができるように操作し得る立場にあるということだ。「徐々に目を眩ませる」という表現で、光の強弱の調節の仕方を心得ていることが示されている。「適切な説明をしてやれば／稲妻もこどもたちには怖くないように」という、やはり光のイメージを使った直喩には、保護者のような立場で真実を分かち合おうとする優しさが溢れている。そこに「母のイメージ」を本詩の語り手に見出すD・ディートリッチのような研究者がいるのは頷ける（『エミリ・ディキンスン事典』）。真実を知る者は、理解力の弱い者のための配慮をすべきだとされているのである。

二　真実到達のための回り道

ところで、「回り道」のイメージと目を眩ませる真実との関係は、十七世紀の英国形而上詩人ジョン・ダンの「風刺詩　三」の一節にも書かれている。万能でない人間は、苦労して「断崖絶壁の巨大な山の頂に立っている／真実」に到達するためには「ぐるぐる回りながら登る」やり方を採るしかない。しかも、この「真実」は神に通じる「神秘」でもあり、眩しくても手に入れるべきものなのである。ダンの言う真実は宗教的な心理を意味し、究極的には神へとつながっている。また、稲妻が子どもに与える影響を緩和するやり方について述べているディキンスンの詩の五―六行についても、ダンの詩「別れ——嘆くことを禁じて」に類似箇所が見出せる。ダンの詩の語り手は、相思相愛の相手である女性に対し、心が洗練されて気高い愛の喜びを知った自分たちのものの見方を人に教えることは「神聖冒瀆」に値するから黙っていようと訴えている。地震の意味を測りかねて大騒ぎをしているのに「天球の動きには無頓着な」一般の人々を蔑み、真の愛を知った者の持つ畏れと優越感を示している。彼は、自身が真実を知る者と自負する点ではディキンスンの詩の語り手と同じだが、他者に対する態度が異なっている。

このように、両者の類似点を比較してみると、ディキンスンの詩はダンよりももっと大胆さと細心さが併存しており、他者に対する優しさがあると言える。ディキンスンの詩における「真実」の意味は、ダンほど明らかではないが、やはり宗教的な認識に基づいている。ただし、全くの宗教詩ともなっていないところが、広い意味での真実という解釈を可能にし、幅広い読者の共感を喚起する要因になっている。命令形により、真実の表現者である先達が、あるべき表現方法の伝授を行っているという解釈ができるのである。

「斜交いに」真実を語る者になるためには、まず真実を見極めることができる者になる必要がある。そのためには斜めの視点、つまり遠近法を可能にする視点を採らなければならないと言っているように思われる。他者よりも優れた視点を持つ者とは哲学者か芸術家であり、芸術家の一部である詩人であろう。本詩は、一種の詩論であり、比喩をはじめとする文飾の効果を定義づけている。

フェミニズム批評の視点から見ると、本詩は女性が自己主張をはっきりとすることができなかった社会に生きていたディキンスンが、処世術として婉曲な言葉を用いる理由を述べているという解釈ができるという（『エミリ・ディキンスン事典』）。しかしながら、男性詩人ブラウニングもダンも、芸術は斜交いに表現すべきだ、真実に到達するためには回り道しかない、という見解を示していたことを思い出せば、抑圧されたジェンダーの表現というだけで説明することはできない。むしろ芸術論の視点から分析すべきであろう。本詩には、大胆さと控えめなところが混じり合った、しなやかな強さがある。だからこそ、筆者はこの詩が好きなのである。

三　直観で把握する真実

では、ディキンスンは真実についてどのような見解を持っていたのだろうか。他の詩も参照したい。ジョンスン版に則っている『ディキンスン詩用語索引』によれば、本詩と同じ "truth" が用いられている作品は、全部で二一篇あり、フランクリン版テクストで見てもすべてが一八六二年以降に書かれている。つまり、死後出版の詩集の編者の一人で文芸評論家T・W・ヒギンスンに、ディキンスンが「私の詩が生きているかどうか、教えてください」と手紙（書簡二六〇番）で尋ねた年か、それ以降に書かれたものである。この語が「貞節」という意味で使われている作品（六七三番）もあるが、ほとんどは真実、あるいは真理という意味で使われている。その概念には、六つの特性が認められる。

第一に、〈真実（理）〉は力強いものである。好例は「真実は不動だ」（八八二番）であり、それは大きな「力」であり、変わることがない。また、それは「人の心の拠り所となるもの」だという。このように、〈真実（理）〉は精神と深く関わるものでもある、という第二の特徴が挙げられる。たとえば、「勝利はいろんな種類から成るのかもしれない」（六八〇番）でも、〈真実（理）〉は、すぐれた精神を支えているものとして挙げられている。また、同詩では、〈真実（理）〉を追求しようとすると、現世では苦悩を味わいがちであるという第三の特徴も示されている。第四に、神と〈真実（理）〉は、ほぼ同一視されるものであり、「真実は神と同い年」（七九五番）では、両者が一卵性双生児に譬えられている。第五に〈真実（理）〉は〈愛〉と深い関連がある。「私たちは愛のすべてを学んだ」（五三一番）では、恋人同士と思われる者が愛とは何かを知ろうとして「無知」であることを自覚したと述べられている。さらに第六の点として、〈真実（理）〉は〈美〉と深い関わりがあるものである。好例となるのは「私は美のために死んだ」（四四八番）において、「二つは同じもの／私たちはきょうだいだ」という一節である。このように、ディキンスンが捉える〈真実（理）〉は、いわく言い難いもの、人間の語る言葉では表現しきれないもの、表現しようとすれば、否定形でしか表せないものである。禅の言葉を借りれば、「不立文字《ふりゅうもんじ》」（「悟道は文字・言説をもって伝えることができず、心から心へ伝えるものであるの意」『広辞苑』）に近い考えの〈真実（理）〉観だと言えよう。

四　斜めの光

さて、"slant"という言葉と光のイメージが使われている作品として忘れてはならないのが、一八六二年の初めに書かれた「斜めの日差しがある」（三二九番）である。この詩では、冬の午後の「斜めの」日差しの中に「天上の痛み」、換言すれば、「絶望の印」や「至高の苦悩」という「死の表情」に似た不気味さが発見されている。それは「心のうちに（感じられる）変化」として認識されるもので、普通の人は何となく感じても表現することができない類の、啓示である。ここには、自然の中に生きとし生ける者の持つ定めを見極める、繊細な観察者としての目と、観察の伝達者としての独創的な表現力が見られる。「斜めの」日差しは、「斜交いの（斜めの）」視点に通じる、〈真実（理）〉を見通す光なのである。

おわりに

ディキンスンの〈真実（理）〉を扱った詩は、いずれも彼女が詩人として意識的に生きることを決意した一八六二年以降の作品であり、その多くが私家版詩集《ファシクル》に採用されたものである。詩中には直観によって〈真実（理）〉を体得する者が、言葉による表現を究めようとする様子が描かれていた。中でも一二六三番の詩は、語り手である詩人が仲介者となって真実への処し方を示そうとしていた。永遠なるものを見据えようとするディキンスンの姿勢は、重層的な意味を込めた言語表現として結実している。詩人という存在は、神に選ばれて言語表現の才能を与えられた者であり、物言わぬ大いなる存在や一般人の代弁者となるべき者である。しかし、凡人には見えないものを知覚する力があるとはいえ、最も神秘的な部分は比喩的にしか表せないという認識がディキンスンにはある。それはダンにも通じる形而上的要素だと言える。読者の直観を刺激する表現を選ぶことによって、彼女は究極まで言語表現を追究する方法を体得し、実践したのである。

引証文献

Capps, Jack L. *Emily Dickinson's Reading, 1836–1886*. Harvard UP, 1966.

Donne, John. *The Elegies and the Songs and Sonnets*, edited by Helen Gardner. Oxford UP, 1978.

——. *The Satires, Epigrams and Verse Letters*, edited by W. Milgate. Oxford UP, 1967.

Rosenbaum, S. P., editor. *A Concordance to the Poems of Emily Dickinson*. Cornell UP, 1964.

Dietrich, Deborah. "'Tell all the Truth but tell it slant –' (P 1129)". *An Emily Dickinson Encyclopedia*, edited by Jane Donahue Eberwein, Greenwood, 1998. pp. 279–80.

一三五七

「薄紅色して　小柄で　几帳面」
——新しい季節を告げる花

赤松　佳子

はじめに

エミリ・ディキンスンは園芸を趣味とし、野生の草花を採取して『植物標本帳』を作って楽しんだ。彼女の花を題材とする詩は、園芸家としての経験や観察に根差すだけでなく、象徴的な意味を持つものが多く見受けられる。よく知られているように、ディキンスンは詩を花に譬えており、詩作と園芸は深い関わりを持っていた。中でも、筆者が好きなのは、春の野の花を歌った一三五七番の詩である。これは謎々詩になっており、ディキンスンの対象への観察眼が生きている。

一　ディキンスンのイワナシ賛歌

一三五七番の詩は一八七五年作と伝えられ、鉛筆書きのものが初作だというが、親友であり兄嫁となったスーザンに贈られたり、文藝評論家ヒギンスンに贈られたりした記録もある。便宜上、スーザンに贈られた一連十二行構成のB稿を採用する。

Pink – small – and punctual –
Aromatic – low –
Covert – in April –
Candid – in May –
Dear to the Moss –
Known to the Knoll –
Next to the Robin
In every human Soul –
Bold little Beauty
Bedecked with thee
Nature forswears
Antiquity –

薄紅色して　小柄で　几帳面
良い香りがして　背が低い
四月には　隠れていて

五月には　姿を現す
苔と仲良し
塚と知り合い
駒鳥に次いで
人間の誰ともお馴染み
果敢な小柄の佳人よ
お前に彩られると
自然はきっぱりと決別する
古いものと

詩人が本詩で最も強調しているのは、背丈の「小ささ」である。また、「薄紅色」という色や、その属性にも目を向けている。ただ、その性質について言うとき、詩人は擬人法を用い、「佳人」と呼べる利点を列挙している。「芳香」を持つ特殊性や、「時間を守る」律義さや、社交性、時の変化を一番に伝える勇敢さが魅力として挙げられている。この花は荒野の地面近くを這うように咲くので、注意深い者にしか見つけられない。その特徴を詩人は熟知していて作品に活かし、この花を称えている。

また、この詩には頭韻が多く使われ、遊び心が表現されている。一行目の"pink"と"punctual"はこの花の属性を [p] の頭韻で並列的に表し、三行目と四行目は四月と五月の対照的な様子を"covert"

と“candid”の[k]の頭韻で示している。更に九行目と十行目には“bold”、“beauty”、“bedecked”という[b]の頭韻が、花の盛りと連動している。頭韻を合わせるために語の意味を犠牲にせず、すべての語がこの花の様子を正確に捉えていて無駄がない。しかも、強強もしくは強弱のリズムで始まる行が多く、口調が軽快である。

G・マッティングリーは、“candid”には「白い」という古い意味があり、ウェブスターの辞書に掲載されている語の意味をディキンスンが知っていて使っていると推測している。この花には、はじめはピンク色だが、だんだん白い色に変わっていく傾向があるからだ。しかし、四月に「姿が見えない」が、五月には必ず「姿を見せる」対照こそが重要だと考えられるので、この語を「白い」という意味に限定して解釈するのは無理がある。ただし、二重の意味を詩人が込めている可能性はあろう。

ディキンスンの詩の編者R・W・フランクリンによれば、スーザン宛ての詩には、「エミリ」という署名が書かれていた。そこには、この謎々詩の出来具合はどうでしょうか、と問いかける気持ちが含まれていたと思われる。また、ディキンスンがインクで清書して保持していた原稿には、「アービュタス［イワナシ］([trailing] arbutus)」という謎々の答えを最後に加えているものがあったという。答えがわからない者への種明かしを詩人は残していたのである。彼女の死後出版の詩集(一八九〇)には、「自然」の項目に本詩は含まれ、二人の編者M・トッド夫人とヒギンスンによって「メイ＝フラワー」と勝手に題名が付けられていた。この版の読者は、謎に挑戦する機会を奪われてしまったのである。

春を告げる野生の花であるアービュタス［イワナシ］は、メイフラワーとも呼ばれ、イギリスからの移民が最初の春に出遭った花に、航海してきた船の名を付けたと言われている。春の到来を人々に喜ばしいものと認識させる植物だった。ディキンスンが作成した『植物標本帳』を再現したファクシミリ本を見れば、二回、採取されているのがわかる。彼女は手紙の中でも「アービュタス」とこの野の花の名を呼んでおり、「メイフラワー」とは呼んでいない。イワナシは、ディキンスンの死後の一九一九年にはマサチューセッツの州花に選ばれており、メイフラワーという呼び名が定着するが、二十一世紀現在、この州で希少な花として採取が禁じられているという。また、この花を見たことがない者には、謎々の正解が出せないので、詩人の同郷人に向けた作品と言えるだろう。

二　身近な野の花

エミリ・ディキンスンは、初期から晩年にいたる手紙で折に触れて、イワナシ（アービュタス）を話題にしている。九例を数える記述の中で最初の例は一八四八年、友人アバイア宛てのもので、エミリは、戸外での散策で「春の美しい子どもたち」、すなわち、野生の花々に出会ったと言い、その中の一つに「トレイリング・アービュタス」の名を挙げている（書簡二三番）。その後も彼女は、一八五三年の兄オースティン宛ての手紙（書簡一一五番）で、「美しいアービュタスの花束をもらった」ことを報告し、初物だとも述べている。一八六六年とその二十年後の一八八六年にはホランド夫人宛ての手紙（書簡三一八番・一〇三八番）で、エミリは、夫人から贈られた「初めてのアービュタス」への感謝を述べ、その芳香を楽しんだと記している。また、一八七〇年早春、従妹のノークロス姉妹に宛てた手紙（書簡三三九番）では、この野の花が薄紅色の花を咲かせたと述べている。春の訪れを知る花、贈られて嬉しい花として、エミリは、イワナシと親しんでいたのがわかる。

三　一八七五年のエミリとスーザン

一三五七番の詩が書かれたと推定される一八七五年は、エミリと義姉スーザンにとって、どのような年だっただろうか。前年六月にエミリの父エドワードが脳卒中で突然、死去している。兄が父の弁護士としての仕事やアマスト大学の理事の役割を引き継ぎ、ディキンスン家の暮らしは変わっていた。スーザンは妊娠中であり、一八七五年八月に第三子を出産するのである。もし本詩がこの年のアービュタスを見つけたのをきっかけに創作されたのならば、大きなおなかを抱えて自由に動けないスーザンのために、エミリが散策の際に発見した初摘みの花を摘んで本詩と共に贈ったのかもしれない。二人の間で交わされた書簡に焦点を当てた研究者E・ハートとM・ネル・スミスは、二人の間で手近な紙に鉛筆で書いた手紙や詩のやりとりがあったことは、二人の親密さを物語っていると述べている。

四　モンゴメリの詩「メイフラワーの伝言」

さて、ディキンスンの詩の一篇に共感を示す日誌の記述を残したL・M・モンゴメリ（一八七四―一九四二）は、カナダ沿海州の一つプリンス・エドワード島を故郷とし、作品のほとんどを故郷に設定して書いた女性作家である。彼女は、詩集も出版（一九一六）している。また、春の訪れを知らせる花としてイワナシを「メイフラワー」という名で呼び、「メイフラワーの伝言」（一九〇二）という三連構成の四行詩、全十二行を発表している。

モンゴメリの詩では、メイフラワーが語り手になり、「春の伝言」を届けるために咲くと述べている。花の色や背丈という外見や、芳香の記述はなく、まだ寒くて残雪のある大地の茶色い草の中で花を咲かせる点に焦点が当てられている。春は生きとし生ける者が「陽気」になる季節であり、その気持ちを促すのがメイフラワーだというのだろう。つまり、まだ冬の余韻が残る世界に「勇敢に」顔を出す活力がある者として、この花は擬人化され、春という季節も擬人化されている。また、各連が同じ脚韻（aaaa bbbb cccc）を踏み、統一感のある定型の抒情詩になっている。「我らは日光と五月の快活な先駆け／多くの森の鳥と楽しい日々の訪れを伝える者」と最終連にあるように、強調されているのは、メイフラワー自身が「快活」であり、人々に明るい気持ちを届ける春の使者ということだ。しかし、ディキンスンの一三五七番の詩を知ると、モンゴメリの詩は斬新さが足りないと思われる。

一方、モンゴメリの出世作となった小説『グリーン・ゲイブルズのアン（赤毛のアン）』（一九〇八）において、メイフラワーは、主人公が島に来てほぼ一年目の春に出会った花として魅力的に描かれている。第二十章で、ある農家の背後の荒れ地に、「薄紅色と白の星型の可愛い花」が咲いた頃、学校の行事として花摘みの課外活動が行われる。アンは「メイフラワーのない国に住んでいる人が気の毒」と言い、この花より良いものなんてないと断言する。そして、「メイフラワーは去年死んだいろんな花の魂で、ここは彼らの天国なの」と想像を披露している。また、続編八作品では、この花が恋人や友や母という〈愛する人に捧げる花〉として描かれていく。作者自身もこの野の花を好み、花摘みの経験がある。メイフラワーは、カナダではノヴァスコシアの州花になっていてアメリカと同じイワナシを意味し、イギリスでサンザシに当たる花とは違うのである。

おわりに——象徴としてのイワナシ

ディキンスンの「薄紅色して　小柄で　几帳面」は、イワナシを答えとする謎々詩だが、読者が深読みをしたくなる要素を含んでいる。この花の属性の一つ「小柄」は、この女性詩人が小さい者や弱い者の側に立って詩を書いたことを思い出させる。また、彼女自身も、背の低い体形であったという。それゆえ、「果敢な小柄の佳人」という呼び掛けには、彼女自身の願いが重ねられていた可能性がある。また、開花の時期が来るまで「隠れていて」、時を得ると「姿を現す」というのは、十九世紀人の彼女の詩が、二十世紀後半にやっと詩人の意図どおりの表現で出版され、評価されるようになったことを彷彿とさせる。J・ファーとS・L・カーターも同様の見解を示し、「古いものと決別させる」力のあるイワナシ（メイフラワー）は、彼女の詩のあり方を表していると述べている。この説を踏まえてK・リールは、ディキンスンの詩の「短さ（→小ささ）」、「韻律の型に反する（→几帳面な）」面、「謎めいた（→隠れている）」点という二重の意味を指摘している。確かに、春一番に咲く野の花には、時機を得て輝く可能性が秘められている。このように、彼女の詩は象徴的であり、複数の解釈を可能にする。この点がディキンスンの詩を読む醍醐味である。この女性詩人は、新しい季節の到来を告げる花を詩の中で永遠化しているのである。

引証文献

Farr, Judith, and Shannon Louise Carter. *The Gardens of Emily Dickinson*. Harvard UP, 2005.

Ferns, John, and Kevin McCabe, editors. *The Poetry of Lucy Maud Montgomery*. Fitzhenry & Whiteside, 1987.

Hart, Ellen Louise, and Martha Nell Smith, editors. *Open Me Carefully*. Wesleyan UP, 1998.

Mattingly, Greg. *Emily Dickinson as a Second Language*. McFarland & Company, 2018.

Montgomery, L. M. *Anne of Green Gables*, edited by Mary Henley Rubio and Elizabeth Waterston. Norton, 2007.

Riel, Kevin. “Trailing Arbutus.” *All Things Dickinson*, vol. 2, edited by Wendy Martin. Greenwood, 2014. pp. 818–20.

一三七三

「蜘蛛は芸術家として」

川崎　浩太郎

The Spider as an Artist
Has never been employed –
Though his surpassing Merit
Is freely certified

By every Broom and Bridget
Throughout a Christian Land –
Neglected Son of Genius
I take thee by the Hand –

蜘蛛は芸術家として
一度も雇われたことがない
誰にも負けない彼の実力は
あらゆる箒や女中によって

キリスト教国の隅々まで
遍く認められているというのに
誰からも顧みられぬ天才児よ
わたしは汝の手を取ろう

一

意味をなす限界まで語数を節約し、難解で謎めいた詩を数多く残したディキンスンの作品の中では、本作は語の選択においてもシンタックスにおいても、抜きんでて理解しやすい作品の一つといえる。ディキンスンは数多くの作品で蜘蛛や蜘蛛の巣に関する語を用いているが、たとえば五一三番「蜘蛛は銀の玉を抱える」や、一一六三番「蜘蛛は夜に縫い物をした」といったような同工異曲の作品と比べても、本作は極めて平易な表現で書かれており、当然のことながらすでに語り尽くされてきた感がある。だが、本稿では敢えてこの作品をいま一度取り上げ、新たな解釈を引き出すというよりはむしろ、随筆風の表現を旨とする本書の趣旨にしたがって、学術論文では書き得ないテーマを取り上げる。詩のテクストの内部に向かうよりもむしろ、テクストを外部へと開き、ギリシア神話や聖書から『スパイダーマン』に至る様々なテクストとディキンスンのテクストを接続しつつ、それらのコンテクストが織りなす複雑なウェブのなかでディキンスンの蜘蛛の詩を再定位したい。

二

とはいえ、まずはこの詩にまつわる一般的な解釈についても紹介しつつ、いくつか私見も付け加えておこう。一読して分かるとおり、本作が、幾何学模様の巣を編む芸術家としての優れた才能を持ちながらも、キリスト教社会からは認められない不遇の天才である蜘蛛に、ディキンスンが詩人としての自らの姿を重ね、共感を示した作品であると考えてまずは差し支えないだろう。用いられている語はどれも平易でありながら、慎重に選ばれていることが分かる。たとえば、「天才」(Genius)という語は、ヘレン・ヴェンドラーも指摘するように、「生み出す」(generate)と同じラテン語の語源を持つと同時に、異教の「守り神」を意味する。この事実と、ディキンスンが用いている「キリスト教国の隅々まで」という語句も併せて考えれば、カルヴィニズムの伝統を色濃く残すアマストのコミュニティにあって、ディキンスンは詩行にユーモアを湛えつつも、異教の芸術家の「手を取る」という極めて背教的な行為を行っているともいえる。

さらに掘り下げれば、たとえば「雇われたことがない」という雇用関係に基づく賃金労働をほのめかす語や、「実力」(Merit)(「メリトクラシー」なる語が登場するのは二十世紀になってからのことであるが)といった、資本主義社会とも関係の深い語を用いている点も興味深い。また、「箒」(Broom)とコミカルに頭韻が踏まれる「女中」(Bridget)という語の由来は、アイルランドの守護聖人の一人であるキルデアの聖ブリギッドに由来する女子名であり、ディキンスンの時代のアメリカでは、特にアイルランド系移民の「女中」を指す一般名詞であったことも注意を要する点である。というのも、これらの表現は、雇用や賃金労働といった経済問題や、民族に関わるディキンスンの政治的関心についても示唆しているといえるからだ。

十九世紀前半は、資本主義の台頭とともに拡大した文学市場における文学作品の大衆化に多くの作家たちが葛藤を抱えつつも対応を余儀なくされた時代であった。こうした社会にあって「出版は人の心の競売」（七八八番）と考え、また、二六〇番では、ディキンスンはむしろ名無しでいることの自由さを楽しみつつ、自分の名前を連呼して自己宣伝に努めるような作家や政治家を皮肉っている。さらに、たとえば五三六番「不滅のために働く人たちがいる」のような作品においては、文学市場における現世の「人気」と、死後も永続する「名声」を区別した上で、良く言えば民主化、悪く言えば俗化、大衆化する文学市場に対してきっぱりと拒絶反応を示している。こうしたディキンスンの他の作品も併せて考えれば「雇われたことがない」という蜘蛛の描写は、才能がありながら報われないということだけではなく、むしろ市場に迎合する作家たちのポピュリズムに向けた痛烈な皮肉ともなっているのだ。

このことに関連して、アメリカにおける民主主義の台頭には、当時急増したアイルランド系移民の存在が大きく関係したことが知られている。ボストンだけでなくアマストのような小さな町においてさえ、急増するカソリックのアイルランド系移民に対する排外主義は高まり、たとえばディキンスンの兄オースティンは、反移民、反カソリック政策を掲げていたノー・ナッシング党に共感していた。連邦主義を信奉する保守的な家庭に育ち、ジャクソニアン・デモクラシーを経過したアメリカが民主化＝大衆化していくのを時に苦々しく眺めていたディキンスンが、「女中」(Bridget) という語を用いる際には注意を払うべきである。一三七三番に登場する女中は、蜘蛛の巣が持つ幾何学模様の芸術性に理解を示さず、それを取り払う存在として登場する。ここで用いられている「認められている」(certified)、という語は明らかに皮肉であり、女中たちにつまらぬものとして取り払われるような存在こそが真の芸術であるというディキンスンの詩人としての矜持がここに見て取れる。世間から理解されず、無視された天才詩人の蜘蛛は、民主化の名の下で大衆化した文学市場に背を向けたディキンスン自身とも重なっており、「雇われたことがない」という表現は、賃金のために労働する職業作家や、真の芸術性を理解しない大衆的な文学消費者への皮肉も含んでいるといえる。

一方でこうした民族意識にも関わらず、ディキンスンは主にアイルランド系移民のメイドたちとの交流を通じて、カソリックやケルト文化の独特の芸術性を認め賞賛しているようなそぶりも見せている。たとえば「夏に鳥たちよりも遅く」(八九五番) ミサを行うコオロギの「小さな国家」は明らかにカソリックや古代ケルトの祭司であるドルイドを想起させる。本稿で扱う一三七三番において、「キリスト教世界」から箒で排除される蜘蛛は、どこかこうした異教の小さな国家を思わせはしないだろうか。このように読めば、「私は汝の手を取ろう」というユーモラスかつ仰々しい宣言には、もしかするとプロテスタント社会からは排除される異教的世界観との和解というテーマを読み込むこともできるかもしれない。と同時に、「え!? どの手?」と困惑する蜘蛛を想起させるというユーモアも備えている。

三

西洋における蜘蛛の表象は、それぞれのテクストが様々なコンテクストと絡み合いつつ、複雑なウェブを形成し現代に繋がっている。ここで、西洋における蜘蛛の表象とディキンスンの蜘蛛との連続性を確認しておきたい。「蜘蛛」(spider) とともに、同じく「蜘蛛」や「蛛形綱」を表す (arachnid) という語はギリシア神話のアラクネと関連する。オイディウスの『変身物語』にも描かれるように、機織りの名手アラクネはアテナとの機織り競争に勝利しつつも、その慢心を咎められ首をくって自殺することとなる。これを哀れんだアテナはアラクネを一匹の蜘蛛に変えたという。機を織るという行為が、詩作の寓意の定型としてしばしば用いられることは論を俟たない。一方で、聖書においては、たとえばヨブ記では、蜘蛛の巣は頼りないものの象徴とされ、またイザヤ書では、蜘蛛は厄災をもたらす禍々しい生き物として記されている。こうした蜘蛛に関するイメージは、植民地時代のピューリタン詩人たちの作品などにも色濃く反映されているばかりでなく、現代においても一般的に共有されているとおりである。

十六世紀イングランドで歌手、俳優、作家として活躍したジョン・ヘイウッドは、蜘蛛、蠅、蜘蛛の巣を払う家政婦を登場させたイラスト入りの寓話詩をメアリー一世に捧げたことで知られている。蜘蛛はプロテスタント、蝿はカソリック、家政婦はメアリー一世のアレゴリーとしてそれぞれ登場し、メアリー一世が箒で蜘蛛の巣を払い、プロテスタントを退治することでイングランドという家を「掃除」するというストーリーだ。本稿で扱うディキンスンの作品が、それぞれの役割を巧妙に変えつつも、こうした家政婦と蜘蛛と箒という定型のパターンを踏襲していることは強調しても良い点であろう。

また、同じように蜘蛛の寓話を『寓意画集』として編んだ十七世紀イングランドのピューリタン詩人ジョージ・ウィザーは、同作の中で、キリスト教流入以前から西洋に存在する格言「法は蜘蛛の巣のごとし、蝿は捕らえども雀蜂は逃す」(法は強者に甘く、弱者に厳しい)を発展させている。この中でウィザーは、蜘蛛と蝶(バタフライ)を登場させ「君子危うきに近寄らず」といった趣の教訓的な主題へと書き換えている。後に述べるが、この『寓意画集』はアメリカのピューリタンたちの間でも広く読まれ、その影響は間接的にせよエドワード・テイラーらのピューリタン詩人にも及んでいる。また、この主題は、ディキンスンが、子供向けの雑誌『パーリーズ・マガジン』を通じて読んでいたことが知られているメアリー・ハウイット作の『ザ・スパイダー・アンド・ザ・フライ』の原型となっていることも留意すべきだろう。

四

アメリカにおける蜘蛛表象に関して興味深いのは、蜘蛛の表象がピューリタンからディキンスンやホイットマンを経て、数多くの現代詩人を経由し、更にはスパイダーマンにいたるまで、時代を映す鏡として機能しつつも、僅かにそれぞれの時代のパラダイムを逸脱する存在として登場している点である。なお、アメリカ文学における蜘蛛の表象については、岩瀬悉有がその著書ですでに詳述しており、詳しくはそちらを参照していただきたい。

ピューリタン詩人のエドワード・テイラーは、ディキンスンとの関連でもしばしば言及される二編の蜘蛛の詩を書いている。「蠅を捕まえる蜘蛛について」では、聖書の記述に倣って蜘蛛を「有毒の妖精」として描きつつも、自然界の事象を神の摂理の顕れとして観察するピューリタンらしく、蜘蛛が蠅を補食する様を詳述している。だが、その観察の正確さ故に彼のレトリックは綻びを露呈し、逆説的に蜘蛛の地位を高めてしまうこととなる。また、「大いなる覚醒」運動を推進したジョナサン・エドワーズも、罪人のアレゴリーとして地獄の業火に吊される蜘蛛を描く一方で、蜘蛛が風に乗って飛行する「バルーニング」と呼ばれる習性をつぶさに観察し、「あらゆる昆虫の中で、特にその賢さと見上げた仕事ぶりに関して蜘蛛ほど素晴らしい奴はいない」と述べ、罪人の化身としての蜘蛛との間に大きな齟齬を露呈している。いずれのケースにおいても、作者の意図とは別に、その蜘蛛表象が当時の社会から見た一般的な蜘蛛像から逸脱しているが故に、テクストとしてはより魅力的なものとなっているとも言える。

五

エドワード・テイラーが蜘蛛に咬まれた（想像上の？）経験を歌ってからおよそ三百年を経た一九六二年に、ギークの少年ピーター・パーカーが蜘蛛に咬まれ超人的な力を獲得した結果、スーパーヒーロー、スパイダーマンが誕生する。どちらも蜘蛛に咬まれる経験を、「幸運な堕落」として、その後の神の恩寵を知る契機としている点は興味深い。直接的な影響関係があるとは思えないが、「アーティストとしての」ディキンスンの蜘蛛と、人工的《アート》な技巧を用いて様々な技《アーツ》を繰り出すスパイダーマンとの間には、言葉遊び以上の不思議な連続性がある。スパイダーマンにはコミックだけではなく、映画やアニメなど様々なアダプテーション作品が存在するが、ここではスタン・リーとスティーヴ・ディッコによる一九六二年版の原作コミックを元に両者の連続性を確認していこう。

両者の一つ目の共通点として、社会からの周辺性、特にキリスト教社会からの冷遇が挙げられる。スパイダーマンの行動はキリスト教の社会規範から見て極めて妥当である。たとえば、原作が描かれた六〇年代の冷戦構造下において、スパイダーマンの敵となるのは、時に共産主義者やマッド・サイエンティストであったり、暴走する（今でいう）人工知能、遺伝子操作や核実験の結果誕生した異形の怪物であり、それら当時のアメリカにおける社会悪と戦うスパイダーマンの行動は、いずれもキリスト教の倫理とも親和性が高いといえる。だが、「誰からも顧みられない」ディキンスンの蜘蛛と同様に、社会悪と戦うもその活躍を正当に評価されず、メディアからは「社会的脅威」として扱われ、青春を謳歌する高校の友人たちからは「科学オタク」として扱われるパーカー／スパイダーマンも、いわばキリスト教社会からは顧みられない不遇なヒーローとして描かれている。

また、ディキンスンの蜘蛛が「一度も雇われたことがない」のと同様に、スパイダーマンも雇われることがない。ディキンスンのように信念があって雇用労働を拒絶したという訳ではない。幼い頃に両親を亡くしたパーカー／スパイダーマンはむしろ、叔母であり養母であるアント・メイの生活を助けるため、積極的に雇用されることで金銭的な対価を得ようと努力しているのだ。だが、その努力はたいてい失敗に終わっている。たとえば、物語中に登場する『デイリー・ビューグル』紙の為にスクープ写真を撮って売り込もうと努力するも、スパイダーマンを敵視する編集長からはしばしば冷遇され、フルタイムの写真家として雇用されることはない。こうした執拗ともいえる雇用や金銭的対価への執着は、時に醜悪に見えるかもしれない。だが、隣人愛の実践行為としての労働に対して金銭的報酬を求めているという見方をすれば、『プロテスタンティズムの倫理と資本主義の精神』を引くまでもなく、むしろパーカーの努力は、彼を受け入れぬキリスト教社会に認められるためのつましい努力であるとも考えられる。直接的な影響関係のあるなしにかかわらず、「誰からも顧みられない天才児」であるディキンスンの蜘蛛も、社会悪と戦いながらも正当なヒーローとは認められないスパイダーマンも、溢れる才能を持ちながらその不遇な周辺性故に、人を惹きつけてやまない存在である。

六

本稿ではごく一部しか紹介できなかったが、西洋で連綿と続く蜘蛛にまつわるテクストは、相互に絡み合い、大きなウェブを形成し、アメリカ社会に蜘蛛文学とでも言うべき大きな伝統を形成している。アメリカにおける蜘蛛表象全体を俯瞰するならば、蜘蛛の周辺性、規範からの逸脱性故に、周辺的位置から既存の価値観を疑うという極めてアメリカ的な表象として機能するのである。そのような蜘蛛文学の伝統において矛盾を恐れずにいえば、ディキンスンの蜘蛛は、その周辺性故に中心的な位置を占めているといえる。報われぬ芸術家である蜘蛛に仰々しくも「汝の手を取ろう」と呼びかけるディキンスンが、パーカーの唯一の理解者であるヒロインとして『スパイダーマン』に登場したらどうなるだろうか。様々なコンテクストが生まれることで、ディキンスンのテクストも更新され、その豊かさを増すのである。

参考文献

Lee, Stan and Steve Ditko. *Marvel Masterworks: The Amazing Spider-Man*, vol. 1. Marvel Comics, 2009.

Vendler, Helen. *Dickinson: Selected Poems and Commentaries*. Belknap Press of Harvard UP, 2010.

岩瀬悉有著、『蜘蛛の巣の意匠』、英宝社、二〇〇三年。

一四八九

「消失の軌道」
——ハチドリの躍動

松本　明美

はじめに

エミリ・ディキンスンは、色彩感覚豊かな詩を多く書き残している。例えばその色彩感覚は、夕暮れの風景を描いた詩、小動物、植物を描いた詩など、自然をテーマにした詩に多く見られる。ディキンスンの抽象的なテーマの詩も趣が深いが、宝石のように煌めく言葉で自然の一コマを再現した詩も引けを取らない。その理由は、自然の細部を緻密に観察して、それを言葉で描写できるディキンスンの努力と才能によるものが大きい。

ディキンスンの類いまれなる色彩感覚と、それを切り詰めた言葉で描き直す能力が垣間見られる詩はいくつもあり、多くのアンソロジーに収録されている。そして、忘れてはならないのは、ディキンスンの詩に多く登場する鳥たち——コマドリ、コウライウグイス、ハチドリなど——の存在である。ここでは、ディキンスンの詩の中でも特に有名なハチドリの詩を紹介したい。

一　ハチドリの鮮やかな飛行

では、一四八九番の詩を見てみよう。

A Route of Evanescence,
With a revolving Wheel –
A Resonance of Emerald
A Rush of Cochineal –
And every Blossom on the Bush
Adjusts it's tumbled Head –
The Mail from Tunis – probably,
An easy Morning's Ride –

回転する車輪のある
消失の軌道
エメラルドの共鳴
コチニール色の突進
そして茂みのすべての花が
そのこけた頭を元に戻す

チュニスからの郵便は、おそらく
軽やかな朝の一走り

この詩の中には、「ハチドリ」の名前は出てこない。根拠としては、一八七九年に、ディキンスンが、ヘレン・ハント・ジャクソンに送った書簡の中で、「ハチドリ」（書簡集六〇二番）の名を明かして、この詩を書き送っていることだ。余談だが、ディキンスンの生前に、「偉大な詩人」として認めた唯一の偉大な詩人です」（書簡集四四四a番）と、ディキンスンの生前に、「偉大な詩人」として認めた唯一の重要人物である。さらに、一八八二年にメイベル・ルーミス・トッドに書き送った書簡の中で、「私にはインディアンパイプは作れませんが、どうぞハチドリを受け取ってください」（書簡集七七〇番）と言い添えて、この詩を送っている。

「ハチドリ」と言えば、南北アメリカ大陸に生息する羽の色が鮮やかなごく小さい鳥のことである。そして、絶え間なく羽を動かして、ホバリングしながら花の蜜を吸い、そして別の花へ向かう。あまりにも高速に羽を動かすため、蜂の唸るような音が聞こえてくる。ホバリングしたかと思うと、動きを止めることなく次々と移動する。その動作の素早い動きによって、「茂みのすべての花」が揺れ、頭が垂れたような姿になる。そして、元の状態に戻る。「チュニス」は、北アフリカ、チュニジアの首都である。そのような離れた距離からの「郵便」は、「ハチドリ」の素早い疾走が運んだものであろう、という語りで締めくくられる。その「ハチドリ」の動きが驚くほど素早いので、瞬きしている間に移動してしまう。すぐに探し出そうとしても「ハチドリ」はいなくなっている。「消失」しても色鮮やかなそのイメージと唸るような羽音の余韻を残していく。「ハチドリ」の「消失」は、その俊敏な動きを示す。次々と休みなく飛び回るので、「ハチドリ」のいない「消失の軌道」のみが残る。

二　視点の動きと色彩感覚

次に、この詩に出てくる色に着目したい。「ハチドリ」はその目にも鮮やかな羽色で知られるが、ディキンスンはそれを表現するために、見事な工夫を施している。つまり、この短い詩に、当意即妙な感覚で言葉を選ばなければならない。ここでは、「エメラルド」と「コチニール色」という二つの言葉が色を表している。ありきたりな緑色ではなく、「エメラルド」を用いている。「エメラルド」は宝石の煌めく緑色を想起させる。よって、「ハチドリ」の光沢感のある羽の色を、読者は想像することができる。そして、「コチニール色」とは、あまり耳にしない色であるが、平たく言えば、紅色である。赤色という言葉を簡単に使うことはしない。ディキンスンの観察力が、これらの色の言葉を用いることにつながったのだろう。さらに「花」については、色を特定していないが、読者は自由に「花」の色を想像して、そこに蜜を吸うために飛んできた色鮮やかな「ハチドリ」の一コマを思い描くことができる。最初に、ディキンスンは自然の風景や植物などを表現するのに、様々な色を表す言葉を使用したと述べたが、この「ハチドリ」の詩は、さらに巧みな観察力と、卓越した色彩感覚が合体した力作だと言っても過言ではない。

その次に、この詩からイメージされる音について述べてみたい。一行目の「回転する車輪のある」では、間断なく続く、車輪の回る音を感じさせる。これこそ「ハチドリ」が休むなく羽を動かしている様子を表している。「エメラルドの共鳴」も、「ハチドリ」が羽を振動させている音を表している。羽の形が見えないぐらい速い動きなので、「エメラルド」が唸っているように見えるのである。そして、「コチニール色の突進」では、鮮やかな羽の色が確認されるぐらいで、それが「花」に「突進」していく様子が想像できる。花びらに触れたり、葉ずれの音が聞こえたりするような情景である。

詩の後半部分でも、「ハチドリ」の行動が、音から想像できる。「茂みのすべての花」がせわしく飛び回る「ハチドリ」によって、「花」や葉や茎などが、人がお辞儀をしているかのように、下向きに垂れて、すぐに「こけた頭」を元通りに戻す。その「花」や葉のバサッと垂れて、元に戻るまでの音をここでは想起させる。植物が好きでよく世話をしている人なら簡単に連想できるような光景だ。消えるような「ハチドリ」の動線に視線も合わせていくが、「ハチドリ」の残像と周囲の花の動き、そしてぶんぶんと唸る音によって、読者は「ハチドリ」の存在を確認することができるのである。

三　詩の技巧について

この短い詩には、詩の技巧が凝縮されている。最初の四行すべてで"r"の音が見られる。そして、五行目の"B"で始まる単語を二つ用いることで、頭韻という技法が用いられている。さらに、"Emerald"、"tumbled Head"、"ride"など"d"で終わる単語を多用している。また、二行目と七行目を除いて、すべての詩行の頭に"A"で始まる冠詞か単語が用いられている。このように、同じ音を何度か敢えて用いることで、詩の音読の効果を高めている。「ハチドリ」がテーマの詩であるため、詩による音の効果を意識的に盛り込んでいると言える。短い詩でありながら、無駄な表現は極力省いて、「ハチドリ」の生態に合わせて、色使いや音の効果をふんだんに鏤めている。まさに、この「ハチドリ」の詩は、ディキンスンらしい圧縮されたスタイルでありながら、言葉で「消失の軌道」を描ききったのである。

おわりに

ディキンスンは自然、とりわけ、夕暮れの情景や鳥や花々を愛していた。今回、解説を試みた詩は、彼女が好きな鳥、「ハチドリ」をテーマにした詩を取り上げた。ディキンスン自身も気に入った詩の一つなのだろう。それは先に述べたように、大事な人たちにこの詩を書き送ったことがその証拠である。小さな鳥でありながら、美しい羽色を持ち、休みなく羽音を響かせて、花から花へと飛び回る。その姿にディキンスンは愛らしさを感じたのだろう。この詩には、ディキンスンならではの優れた観察力、そして感受性がうまく融合している。

「ハチドリ」の小さな体からは想像しがたいエネルギーを感じたディキンスンは、この鳥に敬意を込めながら詩作をしたのではないだろうか。決して目立つ部類の大きな鳥ではないが、その小さな鳥に焦点を合わせ、「ハチドリ」の動向に視線を向けている。その視線は、「ハチドリ」の動線に沿いながらも、すぐに飛び去った後の瞬間まで追っている。言葉の数はごく限られるが、その小さな鳥に向けた愛情がひしひしと感じられる。絵画で描くのではなく、詩という芸術のジャンルで描くことに成功した一編だと言えるのではないだろうか。これからもこの詩を鑑賞する人がいる限り、ディキンスンの愛すべき小さな鳥は、人々の心の中で「共鳴」し続けるだろう。

一五一一

「音楽が残す魅力的な冷たさは」

山下　あや

The fascinating chill that Music leaves
Is Earth's corroboration
Of Ecstasy's impediment –
'Tis Rapture's germination
In timid and tumultuous soil
A fine – estranging creature –
To something upper wooing us
But not to our Creator –

音楽が残す魅力的な冷たさは
恍惚の妨害という
この世の証拠
それは臆病で、激しく動揺する土壌における
歓喜の萌芽

みごとな、私たちを引き離す創造物
何か上方のものに向かって、手招きをしながら
しかしそれは私たちの創造主の元ではない

「音楽」というものが残す「冷たさ」(「寒気」と解釈してもいいだろう）を体験したことがある人はいるだろうか。「音楽」を聴いて鳥肌が立った経験、と言い換えると分かりやすいかもしれない。ジャンルは何であってもいい。例えばクラシックの、精緻でありながら得も言われぬ完璧な調和で進む和音に「冷たさ」を感じたり、おおらかなパイプオルガンに支えられたコーラスに「冷たさ」を感じたり、はたまたジャズ、ロック、シャンソンなど、数限りない「音楽」とくくられる全てのものには、私たちの心の奥底を震わせ、感動により「冷たさ」を感じさせ、いわゆる鳥肌を立たせるような、共通した何かがある。その「何か」について語ったものが、この詩である。そしてこの詩が持つ謎めいた魅力も含めて、この詩が筆者はとても好きである。

「音楽」と「冷たさ」、これがこの詩の主題である。まず、幼いころから教会音楽等に親しみ、ピアノの即興演奏がかなりの腕前であったとされるディキンスンは、「音楽」(Music, music)、「音楽の」(Music's)、「音楽家」(Musicians) ということばを詩の中で二十二回使っている。そして「冷たさ」という表現については、ディキンスンが書簡の中で「私が本を読み、それが私の体全体をとても冷たくしてしまい、どんな炎でももはや私を温められないほどになったとき、私はそれこそが詩

だと知るのです」と述べていることが特によく知られている。「音楽」はディキンスンの人生の大切な部分であり、また、「冷たさ」という感覚はディキンスンにとって、音楽や詩から得られる、一種の感動のバロメータであったと考えることができる。

まずこの詩を丁寧に見ていきたい。一行目、「音楽」が残す「冷たさ」には「魅力的な」という形容詞が付されている。その「冷たさ」は、「恍惚」状態の「妨害」とされ、それ故に「この世の証拠」だという。確かに、音楽を聴いている最中に、感動で頭がぼんやりとする感覚と前後して、鳥肌が立つような冷たい感覚がやってくる経験を思い出してみると、感動の恍惚状態を「冷たさ」が「邪魔」したと捉えることもできそうである。ちなみに「鳥肌が立つ」とは「寒さや恐怖などによって立毛筋が収縮し毛が立って起こる」現象であり、感動由来の意味に使うのは本来的ではない。しかし感動故に交感神経が刺激され、鳥肌が立つという現象は共通して存在するため、ここではその意味で使いたいと思う。

四行目で提示される「それ」は、一行目の「冷たさ」を指すだろう。それは、「歓喜の萌芽」だという。そして、それは「臆病で、そして激しく動揺する土壌」において起こったことである。ここでディキンスンは「土壌」(soil) における「歓喜の萌芽」と表現することで、音楽を聴き、生じた感動（冷たさ）を、植物という生命の起こりになぞらえている。批評家ヴェンドラーが解釈するように、ここでの“soil”は“soul”「魂」を暗示している。その「土壌」つまり語り手の「魂」には「臆病」で「激しく動揺する」という形容詞が付されているため、「音楽」という存在が語り手にとって大いなるものであることが暗示されている。

六行目から、語り手は「音楽」の説明を始める。「音楽」は「何か上の方のもの」に向かって、「手招きをしながら」私たちを「引き離す創造物」だと語られる。確かに、音楽の世界に没頭し、感動し、冷たさを感じる瞬間、私たちは「何か上方のもの」へと魂が立ち昇っていくかのような恍惚を体験することもある。「何か上方のもの」とは神の元のことだろうか。実際、この詩の四行目、大文字で始まる“Rapture”(「歓喜」)には、宗教用語で「携挙」という意味があり、この四行目は「携挙の起こり」と読むこともできる。「携挙」とは、キリストが再臨するとき、号令のラッパの音と共にキリスト自らが天から降り、キリストを信じていた死者、次いで地上の信者が雲の中へと引き挙げられ、空中でキリストと会い、その結果、永遠にキリストと共にいられるようになるという聖書の中の現象である(テサロニケ四章一三―一八節)。「音楽」は、「携挙の起こり」、つまり私たちをキリストの降りてきている空中へと引き上げるラッパの号令のような存在なのだろうか。しかしこの詩では、我々が「音楽」に「手招き」をされて昇っていく先は、キリストの元でも、父なる神の元でもない。明らかな宗教用語が使われているにもかかわらず、最終行においてそれは「私たちの創造主の元へではない」と意味深長に、しかしきっぱりと否定されているからだ。では、「何か上方のもの」とはいったい何を表すのだろうか。

ひとつには、作曲家であると考えられる。「音楽」の創造主である作曲家が「上方」にいて、そこへと向かって「音楽」が聴き手を手招きし、引き離していく。そして聴き手は魂を作曲家の元へと立ち昇らせていくという光景が思い浮かぶ。批評家ヴェンドラーは、「音楽」は「我々の創造主の元へではなく、芸術的創造の原理である、音楽そのものの創造主の元へと私たちを誘う」と解釈している。

また、「何か上方のもの」が意味するもうひとつには、天球の音楽の意味もあると考えられる。天球の音楽の思想の始まりは、弦の長さと音色との関係を発見し、音階を発見したとされる古代ギリシャの数学者ピタゴラスの時代に遡る。宇宙の惑星ひとつひとつは、音を出しながら動いており、宇宙は和音を響かせながら調和しているという考えである。

ラテン語でギリシャ哲学を紹介したキケローは代表作『国家について』の最終巻、宇宙を舞台とした「スキーピオーの夢」においてこの思想を取り入れた。かつて聞いたことのない甘美な音楽を宇宙で耳にしながら、祖父の指し示す地球を見つめるスキーピオーが、祖父から、「快楽に従う衝動のまま」（以後引用は岡道男訳『キケロー選集八』）に生きる者は、死後、天界に戻ることはできず、魂の力を「最善の仕事」のために発揮する者は天界に戻ることができるとし、地上での名誉のはかなさ、不滅の魂の力ついて教えを受けるというものだ。興味深いことは、人間としての「最善の仕事」のひとつには、芸術が属するとされていることである。つまり、前述した、宇宙が奏でる七つの音（音階）で奏でられる天球の音楽を、所謂「音楽」にする作曲家は、魂の力を「最善の仕事」に発揮する者と同じく、死後、天界に戻ることができるとされる。このテーマは、モーツアルトの歌劇「シピオーネの夢」、またラファエロの絵画「スキーピオーの夢」など芸術作品の元となっている。
ディキンスンは十二歳の時アマスト・アカデミーの「古典領域」においてキケローを学んだことが分かっている（シーウォル 三四九）。また、実際ディキンスンは「天球の音楽」ということばを次に示す書簡の中で使っており、批評家クーリーは「ディキンスンは明らかにこの概念を理解していた」とする（クーリー 三三）。

愛しいスージーへ
小さな曲を送ったわ――「天球の音楽」です。
それらは空を通り過ぎるように私たちの上方にあります。
（書簡一三四番）

そしてこの書簡の余白には、教会の聖歌で使われる四線譜と音符、その上方に、天球とみられる球体が三つ浮かぶ挿絵をディキンスン自身が描いていることを付け加えておきたい。
さて、この謎めいた詩を、次のように考えて読み解くことはできないだろうか。キケローは代表作『国家について』の締めくくりである「スキーピオーの夢」の最終部分で、「外からの衝撃によって駆り立てられるもの」には必ず終わりがあるが、自分自身を内側から動かす「魂を持つもの」こそが永遠であると繰り返し述べ、最終節の二十九節では次のように述べる。

この魂の力をおまえは最善の仕事において発揮するように。（中略）それによって駆り立てられ鍛えられた魂はすみやかにここへ、自己の住居と家へ飛来するだろう。そして魂はそれをいっそうはやく行うだろう、もしそれが身体の中に閉じ込められているときからすでに外へ出るべく努め、また、外にあるものを考察することにより、できる限り自己を身体から引き出そうとするのであれば。　（二九節）

自らが動かす魂は不滅であり、その魂が身体から引き離されるような、自らを動かす感動体験をすることで、天界にすみやかに戻ることができるという教えで『国家について』は締めくくられている。音楽によって魂を引き離される、そして、自らの魂を身体から引き離そうとする、この両方のベクトルがディキンスンの詩では描かれているのではないだろうか。この世では魂は「身体の中に閉じ込められている」。「最善の仕事」（芸術）をし、自ら魂を動かすよう努めるとき、天球の音楽の完全な調和《ハーモニー》へと近づけるのである。

改めて詩を読んでみたいと思う。語り手は「音楽」を聴き、それが残す「魅力的な冷たさ」は、「恍惚」を邪魔する「この世の証拠」であると言う。そして語り手は「臆病で、激しく動揺する」心の「土壌（魂）」に、「歓喜」を芽生えさせる。「音楽」は、聴き手を、あるいは歓喜の芽生えた魂を、「この世」から「何か上方のもの」に向かって手招きをし、引き離していく。それが向かう先は、創世記において万物を創造した「創造主の元ではない」。「音楽」の創造主である作曲家、あるいは「音楽」のもっと根源である、宇宙で調和する天球の音楽へと向かって、語り手の魂は引き離されていく。さて、この「音楽」が「詩」であったら？　前述のようにディキンスンにとって良い詩とは、極度の「冷たさ」を感じるものであった。自らが感動し、自らの魂が引き出されるような詩の存在が暗示されているとしたら、大変興味深いのである。

前述のようにディキンスンはアマスト・アカデミーにおいてキケローを学んだという記録はあるが、「スキーピオーの夢」を読んだという確かな証拠はない。しかしながら、この解釈の可能性に思いを馳せることに筆者は心を動かされる。そして、ラファエロの「スキーピオーの夢」、モーツァルトの「シピオーネの夢」に並ぶ、あるいはそれらを凌駕する八行詩ではないかと、強くこの詩に魅了されるのである。

さて一方で、この詩のようにディキンスンに「冷たさ」を感じさせるような「音楽」の体験があったのだろうかと考えることも興味深い。実際、この詩はロシアの作曲家・ピアニストであるアントン・ルビンシテイン（一八二九―九四）の曲と関係があるとされており、その関わり合いも心惹かれるものである。まず、ディキンスンと音楽についての研究書は、「ディキンスンがルビンシテインのコンサートの熱狂を共有したことは明らかであり、彼女は極度に感動した」（クーリー　二〇一〇）と述べている。そして、ディキンスンが従妹フランセス・ノークロスに送った書簡（一八七三年五月後半）の一部を引用している。

あなたがルビンシテインを聴いて良かったわ。かわいそうにルーは彼を聴くことができませんでした。彼はキャプテン・ホールが伝えた北極の夜を思い出させます！　氷から氷へ！　なんという畏怖の交換でしょう！

（書簡三九〇番）

書簡三九〇番の編者の注には、「北極圏の探検家キャプテン・チャールズ・ホールは一八七一年に亡くなった。彼の部隊が救助されたと、一八七三年の五月十日から十五日の間に新聞で報道された。（中略）アントン・ルビンシテインは四月の間ボストンで演奏会をしていた」とある。そして、さきほどの批評家クーリーは、「『音楽が残す魅力的な冷たさは』という詩のその起源は、彼女を「冷たくした」ルビンシテインの音楽にある」と述べている。また、ディキンスンの伝記は、「一八七三年、ピアニストのアントン・ルビンシテインはディキンスンに「極地の夜」を思い出させ、彼女は一八七九年頃に「音楽が残す魅力的な冷たさは」という詩を書いている」と述べる（シーウォル　四〇九）。

ディキンスンはルビンシテインの演奏を聴いたのだろうか？　そうであるとすると何の曲を聴いたのだろうか？　しかしながら、結論から述べると、ディキンスンがルビンシテインの演奏を聴いた事実は確認できないのである。

アントン・ルビンシテインはロシアの作曲家、指揮者である。ロシアで最初の専門的音楽機関であるサンクトペテルブルク音楽院を設立し、その第一期生であるチャイコフスキーを教え、ルビンシテインなくしてチャイコフスキーの活躍はなかったともされる人物である。ロシアを含むヨーロッパやアメリカでピアニストとしてコンサートを開催し、ロシア人として初めて世界的な名声を博し、音楽界に大きな功績を残した。その名が二十世紀前半にほぼ忘れ去られたのは、ロシア五人組と呼称されるグループと対立したからとも、主要作品の絶版のためとも言われている。一八六七年から一八七〇年までヨーロッパで、一八七二年から七三年にかけてアメリカでコンサート・ツアーを行った。アメリカ・ツアーの時期はルビンシテインの演奏活動の絶頂期の一部であったと言え、アメリカ・ツアーでは当時の四十万ドルの収益を得たという。

前述の書簡三九〇番が書かれたのが一八七三年五月後半で、ルビンシテインがアメリカでコンサートを行ったのは一八七二年と一八七三年である。しかしディキンスンは一八七二年と一八七三年にボストンを訪れていない。ルビンシテインのアメリカ・ツアーの他のコンサート地にディキンスンが訪れたことも確認できない。やはりディキンスンの伝記作家シーウォルが述べるように、「ルビンシテインによる演奏会（中略）における喜びを、従姉妹と共有できなかったことをディキンスンは残念に思っている」と考えるのが現時点では妥当だと考える。ただ、一八七七年、ディキンスン家に招かれピアノを弾いたいとこのクララ・グリーンが、ディキンスンから、ルビンシテインを聴いた後にきっぱりと音楽の道を諦め、完全に文学に心を向けるするようになったと聞いた（クーリー　二〇）というのが本当であれば、ディキンスンとルビンシテインの曲との何らかの影響を、未だに考え続けたくなるのである。

以上のことに思いを巡らせ、ルビンシテインをBGMに改めてこの詩を眺めるとき、そこに明確な因果関係はなくとも、筆者はとても心惹かれる「冷たい」時を過ごす。たった八行に無駄なく並べられたことばは、完全な調和《ハーモニー》を保ち、天球が奏でているかもしれない壮大で完全な和音の元へと、筆者の心を立ち昇らせるのである。

参考文献

岡道男訳『キケロー選集8――哲学』（岩波書店、一九九九年）

Sewall, Richard Benson. *The Life of Emily Dickinson*. Harvard UP, 1998.

Vendler, Helen. *Dickinson: Selected Poems and Commentaries*. Harvard UP, 2012.

Cooley, Carolyn Lindley. *The Music of Emily Dickinson's Poems and Letters: A Study of Imagery and Form*. McFarland Publishing, 2003.

一七一五「受肉する言葉はまれにしか」

下村　伸子

一　「受肉する言葉」

エミリ・ディキンスンの詩の言葉が読者の心をとらえるのには、幾つもの理由や状況が考えられ、さまざまに論じられてきた。ほとんど韜晦するように暗示的な言葉から明瞭な輪郭を持つ情景や世界が紡ぎ出されているということもあれば、ダッシュによる切れ目で息を整えながら読んでいくと不思議な詩的風景がぼんやりと浮かび上がるという場合もあり、また静謐から立ちのぼる音楽のような言葉のリズムにより遠い世界に誘われるようなこともある。

ディキンスンが一八六二年四月に批評家T・W・ヒギンスンへの初めての手紙を、「私の詩が生きているかどうか」（書簡二六〇番）と尋ねる文章で書き始めたことや、「言葉は、話されたときに死ぬ／と言う人もいるが、／私は言う、／言葉はまさにその日生き始めるのだと」（二七八番）という短い詩にも見られるように、ディキンスンは言葉や詩が持つ生命感を重視して創作に携わっていた。周知のように、「言葉」を主題とした作品をいくつも残している。

ここに採り上げる一篇の詩も「言葉」という言葉で始まり、ディキンスン研究においては、詩人の創作についての考えや言語観といったメタレベルのテクストとして論じられてきた。冒頭行の聖書の言葉らしき言葉から詩の言葉へと詩人が思いを馳せているかのように展開するが、この詩にはピューリタニズムの因習が残る十九世紀ニュー・イングランドの町で育ったディキンスンが、自らの価値観を吟味し、より豊かな人間らしさと言葉や芸術の可能性を求めようとした姿を垣間見ることができる。

A word made Flesh is seldom
And tremblingly partook
Nor then perhaps reported
But have I not mistook
Each one of us has tasted
With ecstasies of stealth
The very food debated
To our specific strength –

A word that breathes distinctly
Has not the power to die
Cohesive as the Spirit

It may expire if He –

"Made Flesh and dwelt among us"
Could condescension be
Like this consent of Language
This loved Philology

受肉した言葉はまれにしか
また震えながらにしか分かち合われはしない
そのときはおそらく報告されることもなかった
でも私は間違えなかった
私たちの一人ひとりが
ひそかな歓喜のうちに
私たちの特別な力になるように論議された
その食べ物を味わってきたことを

はっきりと息をする言葉には
死ぬ力はない
霊のように結束する

それは息絶えるかもしれない、もしあの人が
「受肉して私たちの間に住まわれた」なら
謙譲とは
この言語の承諾
この最愛の言語学なのだろう

ディキンスンの自筆原稿は失われ、義姉スーザン・ディキンスンにより書き写された原稿には、スーザンが詩の形で書き写した五行の詩とも散文とも読める文章が先に書かれている。その五行の後には線が引かれていてこの詩とは切り離されている（『フランクリン版詩集』Ⅲ、一四九〇頁）が、関連性はあるだろう。その五行のうち四行の大意は、「『受肉した言葉』という言葉の意味を昨日話題にしたあの人がほんの少しでも示せていたら！」というもので、その五行のうちの最後の一行は、詩の中にも挿入されている「受肉して、私たちの間に住まわれた」という聖書の言葉の引用である。「あの人」（"He"）が誰のことかはわからないが、例えば聖職者だとすれば、聖書の一節を話題にしたか、説教に入れたその人は、その言葉の真の意味を理解していなかったとディキンスンは述べていると憶測される。この詩の冒頭行にも言及されている聖書の言葉とは、周知の通り、「初めに（御言葉）があった。」（"In the beginning was the Word"）[1]と始まる新約聖書「ヨハネによる福

音書」第一章（一：一四）の「（御言葉）は人間となって、私たちの間に宿った」（新共同訳）（“And the Word was made flesh, and dwelt among us”）という箇所である。「御言葉」とは、「神を啓示する者、また、啓示そのものである「神の独り子」イエスを指す」（新共同訳注）。神の子キリストが「人間となって」とはいわゆる「受肉」即ち、イエスの誕生を意味する。そして「宿った」とは、「（御言葉）が人間の一人としてこの世に住むようになったことを意味する」（新共同訳注）。この詩の「言葉」には聖書の定冠詞ではなく、“a”という冠詞が付されているものの、この詩はキリストの受肉という宗教的礎の上に築かれていることは確かである。ディキンスンにとって「御言葉」（ロゴス）から受けたインスピレーションは人間の、さらには詩人としての自らの「言葉」への想いを深めたようである。

この詩の冒頭行と九行目の「言葉」は、ジョンスン版では大文字で始まる“Word”と印刷されていたが、フランクリン版と最新のミラー版では、小文字“word”となっている。そのことと、冠詞に“the”でなく“a”が選ばれていることを鑑みるまでもなく、ディキンスンが人間に対する神の救済的意志の啓示の根幹にあるキリストの受肉に、詩人としての創作における言葉の意義を重ね合わせ、二重奏のように表現していることは間違いないであろう。冒頭二行で、「受肉した言葉」は「まれにしか」「分かち合われはしない」と、いきなり聖餐式のイメージと響きが立ち上がり、その稀少さが強調される。しかも前半八行の後半部分で語り手は、自分自身だけでなく「私たちの一人ひとりが」その聖餐を分かち合った経験があると断言している。

二　「聖餐式」

キリストの磔刑前夜の最後の晩餐に由来する、ぶどう酒とパンをキリストの血と肉にたとえて会衆に分け与える聖餐式の意味をディキンスンは常に思索し、理解しようとしたと考えられる。それゆえに詩の中で「聖餐式」(Sacrament) という言葉は文字通りの聖餐式を表すだけでなく、多くの場合隠喩として用いられている。比較的初期の一八五九年頃の自然を主題とする詩「今頃は鳥たちが戻ってくる日々」("These are the days when Birds come back –" 一二二番) においては、秋から冬へと向かう季節に不意に訪れたインディアンサマーに対して、「おお、夏の日々の聖餐式よ／おお、霞の中の最後の聖体拝領よ」("Oh Sacrament of summer days, / Oh Last Communion in the Haze –") と呼びかけ、それに続く最終連は、その聖餐を「分かち合う」(partake) ことを願い、自然の中に蘇った束の間の夏の光景に浸ることを求める祈りの言葉で締めくくられる。また一八六二年頃の一篇の詩「夏の真っ盛りにその日はやって来た」("There came a Day – at Summer's full –" 三二五番) は、詩の最後の言葉「愛の十字架」("Calvaries of Love") が象徴するように恋愛と別離を主題としているが、語り手と恋人が「その日」に交わした誓いの厳粛さが、「言葉の表象は／要らなかった　聖餐式で／キリストの衣服が必要でないのと同様に、」("The symbol of a word / Was needless – as at Sacrament – / The Wardrobe – of Our Lord –") と語られ、続く連で「お互いがお互いにとって封印された教会／このときだけ聖餐を分かち合うことを許された」("Each was to each – the sealed church – / Permitted to commune – this time –")と二人の関係が聖餐式に喩えられる。これらの聖餐式への言及には聖餐式そのものの厳かさと奥深さが示唆されているだけでなく、比喩の対象となった自然の移ろいや愛する人との別離と向き合い、過ぎ行く時を惜しむように「分かち合う」("partake"や"commune")ことを求める語り手の誠実さが滲み出ている。

一七一五番の詩に戻ると、「受肉した言葉」を言い換えた「その食べ物」とは、神ではなく人間の「言葉」である。文章を書く人が読者を慮り、心の中で「論議」を重ねて書いた言葉を、噛みしめながら食べるように読むことでその読者は「特別な力」が得られる。ディキンスンは、読書に関する詩を数篇書いているが、「あの人は貴重な言葉を食べて飲んだ」("He ate and drank the precious Words –")(一五九三番)と始まる詩をここで読んでみたい。この詩でも聖餐式と読書体験が重なるように語られ、「受肉した言葉」の詩の前半と微妙に響き合う。

あの人は貴重な言葉を食べて飲んだ
その精神はたくましくなり
自分自身が貧しかったことも
その体が塵であったことも忘れ
陰気な日々を踊り過ごして行った
そしてこの翼のある遺産は
ただ一冊の本、解き放たれた精神は

冒頭行は、新約聖書「マタイによる福音書」第二六章（二六：二六）のキリストの言葉「取って食べなさい。これは私の体である」[2]（新共同訳）及び「皆、この杯から飲みなさい。これは罪がゆるされるように多くの人のために流す私の血、契約の血だから」（新共同訳、二六：二八―二九）に応えるかのようだ。しかし「あの人」(He) が「食べて飲んだ」のは、キリストの体と血という聖体ではなく「貴重な言葉」("the precious words") である。この言葉の聖餐式において、ディキンスンは聖体拝領を受ける信徒だけでなく、当時は男性しか就けなかった「陪餐聖職者」にも自己投影している（ヴェンドラー　四九八）[3]と考えられる。聖職者は、会衆の前でパンとぶどう酒を聖体として「分かち合う」からである。「あの人」は、「貴重な言葉」を飲食したために、教会で説かれる人間自身の貧しさや死ぬべき運命でさえも忘れるほどに「精神」が「たくましく」なり、そもそも貧しさや死ぬ運命によりもたらされていた「陰気な日々」を「踊り過ごして行った」と詩は続く。そのように重苦しかった人の心を軽快にする「翼」を持つ「遺産」は「ただ一冊の本」であるという。まず聖書のことかと思われるが、「精神」をそれほどに解放し、「自由をもたらす」「貴重な言葉」は、文学や芸術、思想・哲学だけでなく科学、医学などさまざまなジャンルの書物、あるいは個人的な書簡や日記の一冊にさえも含まれていることをディキンスンは示唆している。「この翼のある遺産」の「この」という指示語は、詩人自身にもその「遺産」が届いているということか、または素晴らしい読書体験をした「あの人」の姿に詩人が自分自身を見ていることの小さな証拠であるのかもしれない。

同様に、一七一五番の詩の前半において「私たち」が味わった「受肉した言葉」、即ち「その食べ物」は、人の心の糧となる「言葉」であろう。しかも「ひそかな歓喜のうちに」(With ecstasies of stealth) の "stealth" という言葉は、ディキンスンが愛用した『ウェブスター英語辞典』[4] の定義に「盗む行為」(the act of stealing) というのもあり、"ecstasy" は、「忘我」(trance) とも定義されていることから、ここでは読む行為そのものが世間的価値観からは罪悪感を伴うような状況も考えられているのだろう。ディキンスン自身、「父は、本が心を揺るがすのではないかと怖がって、読まないようにと言う」("He . . . begs me not to read them – because he fears they joggle the Mind" 書簡二六一番) と述べているように、隠れるようにして多くの書物を読んだことや洋の東西を問わず行われてきた禁書の歴史にも思い至る。また「私たちの一人ひとりが」というとき、ディキンスンが心に思っていたのが例えば前述した「愛の十字架」の詩におけるような関係の二人を指すとすれば「食べ物」は異なる意味の隠喩とも解釈できるだろう。「私たち」が彼女の周囲にいる特定の人たちなのか、もっと普遍的人類のことなのか想像は巡るが、何らかの縁で眼にすることになった文章や待ち焦がれて読んだ書物から大きな感銘を受け、力を授かるというような経験を思い起こしてみると、この詩を読む私たちの多くはこのような読書による「ひそかな歓喜」を味わったことがあるはずである。たとえ「まれにしか」ないとしても。

三「この最愛の言語学」

一七一五番の詩の後半は難解な印象を与えている。まず「受肉した言葉」は「はっきりと息をする言葉」と表現され、それは「死ぬ力がない」と、生命力と不滅性があることが含蓄を持って述べられる。ディキンスンが詩に最も求めたと思われるそのような言葉は「霊のように結束する。」即ち、想像力により複数の語が一体となってやイメージやヴィジョンなどが生み出されるということであろう。「それが息絶えるかもしれない」とすれば、それは神またはキリストを暗示する「あの人が」息絶える時であるというのだろうか。この連の最終行の「あの人が」(“He”)の後に、ダッシュが置かれていて、そこには「息絶えるなら」という言葉が省略されているようにも考えられるが、句跨りで次の連の「ヨハネの福音書」のあの「受肉して、」の言葉に続くと読める。キリストの受肉に触れながら、ディキンスンのペンは、「言葉」の受肉をたどる。キリストが人間となるように、「霊のように結束する」言葉も死ぬ運命を帯び、息絶えることになるかもしれない。最終連二行目の「謙譲」と訳した“condescension”という語は、キリストが人間の間に降りてくる(descend)というイメージを持ち、批評家ヴェンドラーは十七世紀頃にはこの言葉に「キリストの受肉」の意味があったと述べている(五〇九)。前述したディキンスンが愛用した辞書には動詞“condescend”の例文として、新訳聖書「ローマの信徒への手紙」第十二章(一二：一六)が引用されている。「互いに思いを一つにし、高ぶったことを思わず、取るに足りない勤めにも順応し、自分を賢いものとうぬぼれてはなりません。」（新共同訳）の一部“Mind not high things, but condescend to men of low estate.”という箇所である。またディキンスンの用語辞典 *Emily Dickinson Lexicon* [http://edl.byu.edu] によると“condescension”の比喩的な意味として「死ぬ運命にある。キリストの純粋な生と完璧な愛のゆえに人間たちとともに喜んで苦しみ死ぬこと」と説明されている。ディキンスンにとってこのキリストの受肉の最も重要な「謙譲」は、創作者としての言葉との向き合い方への問いかけを触発し、その答えは「この言語の承諾」だと導かれ、さらに「この最愛の言語学」だと結ばれる。「この」の繰り返しは、キリストの受肉という神学上の深遠な問題が、十九世紀の詩人が今を生きる問題として掘り下げていることを示している。言語が承諾するということは、「霊のように結束」していた状態から人間界に降りてくると考えると、例えば詩人が考え抜いた言葉がイメージやヴィジョンを帯びて息づき、頭の中での想像から実際の文字となって書き留められるということであろうが、それは永遠不滅とは逆方向に向かうことでもあるかもしれない。現に今、筆者がこの詩を誤読しているとすれば、詩の言葉は「息絶え」ていることになってしまう。

「言語学」について考えるヒントとなるもう一篇の詩は、「詩人」が言葉の選択に逡巡としているという場面設定で一八七二年頃に書かれている。「あなたを採用しましょうか、と詩人は／提案された言葉に言った」（“Shall I take thee, the Poet said / To the propounded word?”一二四三番）と始まり、「詩人」がほぼ採用しようと決めていた「提案された言葉」を傍に置き、いま一度「言語学」（“Philology”）を探索した後にその「待たせていた候補者」（“the suspended Candidate”）に決めようと「呼び鈴を鳴らそうとした」。まさにその時に「呼ばれもしない」（"unsummoned"）のに入ってきたのは「その言葉が埋めようと志願した／ヴィジョンのその部分」（"That portion of the vision / The Word applied to fill"）である。この二行は、「ヴィジョンのその部分を／その言葉が埋めようと志願した」とも読めるが、何れにしても候補者だった言葉は選ばれなかった。最後に「ノミネートされているものに／智天使は啓示しない」（"Not unto nomination / The cherubim reveal –"）と終わり、ユーモラスなトーンさえ感じられるが、詩人の言葉の選択は、言葉の起源や用例をつぶさに調べる「言語学」的な努力だけではなく、想像力によるヴィジョンの生成にも立ち返ってみなければならないということなのか、「言語学」を下敷きにして努力を重ねつつ、尚それでもインスピレーションに左右されるということだろうか。この詩と一七一五番の詩のどちらが先に書かれたのかは不明であるが、筆者が選んだ後者の方が「言語学」への詩人の愛着が深まっている。「言語学」の例のウェブスターの辞書の定義は、「第一に言葉への愛、または言語の起源や構造を知りたいという願望」である。キリストの受肉を言葉に重ね、詩人として選んだ言葉が「智天使に啓示」されないことを覚悟して、またその言葉が生き始めるとしても「息絶える」ことこそを潔しとして、ディキンスンは「この最愛の言語学」と付き合っていくことになった。その支えとなったのはやはり彼女を固定観念から解放し、自由な思索と、そして何よりも人々や世界と何かを分かち合うことを可能にしてくれる言葉であろう。創作者としても読者としても詩人自身、「ひそかな歓喜」を「まれにしか」ではなくてたびたび経験したことを筆者は確信している。

注

1　聖書の引用は、ハーヴァード大学ホートン図書館（Houghton Library, Harvard University）「エミリ・ディキンスン・コレクション」(The Emily Dickinson Collection) 所蔵のディキンスン家の聖書 *The Holy Bible, the Old and New Testaments: Translated out of the original tongues* (Philadelphia: J.B. Lippincott, 1843) のオンライン版 <https://iiif.lib.harvard.edu/manifests/view/drs:24025603$1i> による。

2　この引用箇所は、ディキンスン家の聖書では「行方不明の頁」となっている。

3　Helen Vendler. *Dickinson: Selected Poems and Commentaries*. The Belknap Press of Harvard University Press, 2010.

4　*American Dictionary of English Language: Webster's Dictionary 1828 Online Edition*. <http://webstersdictionary1828.com>

あとがき

新倉　俊一

アメリカの近代詩は十九世紀中葉のホイットマンとディキンスンから始まっている。二人は共に新しい自己の歌を歌い上げたが、両者の詩風は対照的である。ホイットマンはアメリカの新しいアダムとして「自己の歌」で大胆に「私は私自身をたたえ、私自身を歌う」と歌い、また自己とアメリカを素朴に重ねている。そしてまた詩の主題と表現のあいだには「技法というような夾雑物は不要である」と説いた。

それに対して、ディキンスンは言語表現の機能を深く意識した。

言葉は話されると、死んでしまう
そう言う人たちもいる
その日にこそ言葉は生き始める
そうわたしは言ってやる　（一二七八番）

また次のように歌っている。

　真珠を使えるまでは
　私たちは模造の宝石で遊ぶ
　……
　形こそ似ていても
　私たちの新しい手は
　砂で練習して、もう
　宝石の策略を学んでいる　（二八二番）

ここで言う「宝石の策略」とは詩の技法を指しており、かけ離れたものの連結とか比喩を意味する。ディキンスンはロバート・ブラウニングに倣って「真実を残らず話しなさい／でも斜めに話しなさい」（一二六三番）と説いた。十七世紀のいわゆる「形而上派詩人」たちと同じように、ディキンスンの詩は奇抜な比喩と反語《アイロニー》に満ちている。二十世紀のダン復活に倣って、アレン・テイトはディキンスンの詩のアイロニーを高く評価している。

二十世紀ヨーロッパを代表する詩人の一人、パウル・ツェラーンは、長らくアメリカにはたいした詩はないと見做していたが、あるとき友人からディキンスンの詩集を見せられて、その偉大さを知り、自分の生涯のうちに翻訳を出したいと強く思った。存命中にディキンスンの詩八篇を翻訳したが、あいにく自殺のために詩集の刊行を果たせなかった。

ディキンスンはある詩で、「私は可能性の中に生きています」と歌っている。そして女性というジェンダーを強く意識して、新しいアメリカの最初のイヴとなった。彼女は「声高く戦うのは勇ましい／だが悲痛の騎兵隊を／胸に秘めるひとは／もっと勇ましい」（一三八番）と暗に女性たちの詩的表白に共感を込めて称揚している。

ディキンスン学会の東雄一郎、江田孝臣、小泉由美子、朝比奈緑の四人の訳者たちによって、日本語に完訳された『完訳　エミリ・ディキンスン詩集』（金星堂、二〇一九年）にみごとな日本語でその成果を確認することができる。

本書に収められた各ディキンスン解説は、その本に基づいている。ぜひ両書を味読してほしい。『完訳　エミリ・ディキンスン詩集』に続いて、このような名詩鑑賞編を刊行してくださった金星堂の福岡正人社長と編集担当者、倉林勇雄さんのご好意に深く感謝します。

作品番号対照表

フランクリン版作品番号		ジョンソン版作品番号
三六	「私が死んで／そしてあなたが生きていたら」	五四
一五七	「私には王様がいる、もの言わぬ王様が」	一〇三
二七九	「創造されたすべての魂の中から」	六六四
三八一	「私は爪先では踊れない」	三二六
四六七	「厳かなことだ、魂のなかで」	四八三
四七九	「私が死のために止まれなかったので」	七一二
五一九	「これは世間の人々に宛てた私の手紙です」	四四一
五九一	「わたしは蠅がブーンとうなるのを聴いた　わたしが死んだときに」	四六五
七六二	「これを約束してください　あなたが死ぬときに」	六四八
七七二	「大切な油は絞り出される」	六七五
七九六	「風が草原を揺らし始め」	八二四
八四九	「私の窓から見える景観は」	七九七
九六二	「春にひとつの光があらわれる」	八一二

九八三　「ミツバチさん！　お待ちしています！」　一〇三五

九九六　「聞いた、耳がないみたいに」　一〇三九

一一六三　「蜘蛛は夜、明かりもなしに」　一一三八

一二六三　「真実をすべて語りなさい　ただし斜交《はすか》いに語りなさい」　一一二九

一三五七　「薄紅色して　小柄で　几帳面」　一三三二

一三七三　「蜘蛛は芸術家として」　一二七五

一四八九　「消失の軌道」　一四六三

一五一一　「音楽が残す魅力的な冷たさは」　一四八〇

一七一五　「受肉する言葉はまれにしか」　一六五一

推奨文献一覧

詩集、書簡集

1 *Emily Dickinson's Poems as She Preserved Them*. Ed. Cristanne Miller. Harvard UP, 2016.（「詩人が遺した形のままで」という副題が示しているように、詩人の草稿に即した編集。糸綴じされた冊子（ファシクル）を最初に置いている。フランクリン版と並ぶ定本。本書のホームページ [https://www.hup.harvard.edu/features/dickinson/as-she-preserved-them] は、草稿閲覧のサイト Emily Dickinson Archive [https://www.edickinson.org]」とリンクしている。）

2 *The Poems of Emily Dickinson*. 3 vols. Ed. R. W. Franklin. Cambridge, MA: Harvard UP, 1998.（現在の定本。異稿も網羅されている。推定製作年代順にフランクリン番号がつけられている。本書はこの版による。）

3 *The Poems of Emily Dickinson*. Reading Edition. Ed. R. W. Franklin. Cambridge, MA: Harvard UP, 1999.（2をもとに作られた普及版。ペーパーバック版あり）

4 *The Poems of Emily Dickinson*. 3 vols. Ed. Thomas H. Johnson. Cambridge, MA: Harvard UP, 1955.（ディキンスンの詩の全貌を初めて明らかにした最初の定本。推定製作年順にジョンスン番号がつけられている。異稿も網羅されている。）

5 *The Complete Poems of Emily Dickinson*. Ed. Thomas H. Johnson. Boston, MA: Little, Brown and Company, 1960.（4に基づく普及版。ペーパーバック版あり）

6 *The Letters of Emily Dickinson*. 3 vols. Eds. Thomas H. Johnson and Theodora Ward. Cambridge, MA: Harvard University Press, 1958.（書簡集の定本。一〇四六通の書簡と散文断片を収める。）

7 *Selected Letters of Emily Dickinson*. Ed. Thomas H. Johnson. Cambridge, MA: Harvard UP, 1986.（6から重要

な書簡を抜粋。ペーパーバック版あり）

日本語文献

［詩集］
『ディキンソン詩選』（研究社小英文叢書188）新倉俊一編、研究社一九六七年。（解説注釈付。原詩のみ一三五篇を収録）
『自然と愛と孤独と――ディキンソン詩集』、全四集、中島完編訳、国文社、一九六七―九四年。（訳詩のみ。計五四六篇収録）
『エミリーの窓から』、武田雅子編訳、蜂書房、一九八八年。（訳詩のみ。愛の詩を一八六篇収録）
『ディキンスン詩集』、海外詩文庫2、新倉俊一編訳、思潮社、一九九三年。（訳詩のみ。日夏耿之介訳四篇、安藤一郎訳二六篇、新倉訳一三五篇、岡隆夫訳七〇篇を収録）
『色のない虹――対訳エミリー・ディキンスン詩集』野田寿編訳、ふみくら書房一九九六年。（対訳・注釈付。一八三篇を収録）
『対訳ディキンソン詩集』、亀井俊介編訳、岩波文庫、一九九八年。（対訳。代表的な詩五〇篇を収録）
『完訳エミリ・ディキンスン詩集』、新倉俊一監訳、東雄一郎、小泉由美子、江田孝臣、朝比奈緑共訳、金星堂、二〇一九年。（訳詩のみ。フランクリン編 Reading Edition の全訳）
［詩集＋評釈］
モーデカイ・マーカス著『ディキンスン詩と評釈』、広岡實編訳、大阪教育図書、一九八五年。（原著：Mordecai Marcus. *Cliffs Notes on Emily Dickinson: Selected Poems.* Lincoln, NE: Cliffs Notes, 1982.）（原詩＋訳一四〇篇と評釈からなる）
ロバート・L・レア編著『エミリ・ディキンスン詩入門』、藤谷聖和、岡本雄二、藤本雅樹編訳、国文社、一九九三年。（原著：Robert L. Lair. *A Simplified Approach to Emily Dickinson*. Woodbury, NY: Barrons Educational Series, 1971.）（原詩一五〇篇と短い評釈からなる）

［書簡］

『エミリ・ディキンスンの手紙』、山川瑞明、武田雅子編訳、弓書房、一九八四年。

［事典］

ジェイン・D・エバウェイン編『エミリ・ディキンスン事典』、鵜野ひろ子訳、雄松堂出版、二〇〇七年。（原著：*An Emily Dickinson Encyclopedia*. Ed. Jane D. Eberwein. Westport, CT: Greenwood Press, 1998.）（有用で便利な事典）

［伝記］

トマス・H・ジョンソン著『エミリ・ディキンスン評伝』、新倉俊一、鵜野ひろ子訳、国文社、一九八五年。（原著：Thomas H. Johnson. *Emily Dickinson: An Interpretive Biography*. Cambridge MA: Harvard UP, 1955.）（定評ある伝記）

［研究書］

新倉俊一著『エミリ・ディキンソン――研究と詩抄』、篠崎書林、一九六二年。

新倉俊一著『エミリー・ディキンスン――不在の肖像』、大修館書店、一九八九年。

古川隆夫著『ディキンスンの詩法の研究――重層構造を読む』、研究社出版、一九九二年。

酒本雅之著『ことばと永遠――エミリー・ディキンソンの世界創造』、研究社出版、一九九二年。

武田雅子著『エミリーの詩の家――アマストで暮らして』、編集工房ノア、一九九六年。

岩田典子著『エミリ・ディキンスンを読む』、思潮社、一九九七年。

嶋崎陽子著『アメリカの詩心――ディキンスンとスティーヴンズ』、沖積舎、一九九八年。
野田壽著『ディキンスン断章』、英宝社、二〇〇三年。
新倉俊一編『エミリ・ディキンスンの詩の世界』、国文社、二〇一一年。（日本人研究者による論文二〇本を収録）
松本明美著『白の修辞学――エミリィ・ディキンスンの詩学』、関西学院大学出版会、二〇一四年。
大西直樹『エミリ・ディキンスン――アメジストの記憶』、彩流社、二〇一七年。
江田孝臣『エミリ・ディキンスンを理詰めで読む――新たな詩人像をもとめて』、春風社、二〇一八年。
Uno, Hiroko. *Emily Dickinson Visits Boston*. Yamaguchi Pub. House, 1990.
Koguchi, Hiroyuki. *Emily Dickinson and the Romantic Poets*. Horitsubunka-sha, 1998.
Uno, Hiroko. *Emily Dickinson's Marble Disc: A Poetics of Renunciation and Science*. Eihōsha, 2002.

[その他]
シンディー・マッケンジー、バーバラ・ダナ編『空よりも広く――エミリー・ディキンスンの詩に癒やされた人々』、大西直樹訳、彩流社、二〇一二年。
ナンシー・ハリス・ブローズ他著『エミリ・ディキンスンのお料理手帖』、松尾晋平監修、武田雅子、鵜野ひろ子共訳、山口書店、一九九〇年。

ウェブサイト
・日本エミリィ・ディキンスン学会（各種関連サイトへのリンクあり）
http://emilydsjp.blogspot.jp/
・Emily Dickinson International Society（国際学会のサイト）
http://www.emilydickinsoninternationalsociety.org/
・Dickinson Electronic Archives（ディキンスンに関する様々な資料を集め、有益なサイトへのリンクを網羅している。）
http://www.emilydickinson.org/
・Emily Dickinson Lexicon（ディキンスン愛用のウェブスターの辞書［一八四四年］が閲覧可能。コンコーダンスとしても利用でき、ディキンスンの詩における九、二七五語についての語釈集成がある）
http://edl.byu.edu/index.php
・Emily Dickinson Museum（ディキスンの生家のウェブサイト）
http://www.emilydickinsonmuseum.org/

赤松　佳子（あかまつ　よしこ）

ノートルダム清心女子大学教授
著書に『ジョン・ダンの修辞を読む』（単著、大阪教育図書、2009年）、『エミリ・ディキンスンの詩の世界』（共著、国文社、2011年）、訳書に『ケンブリッジ版　カナダ文学史』（共訳、彩流社、2016年）

川崎　浩太郎（かわさき　こうたろう）

駒澤大学准教授
著書に『亡霊のアメリカ文学』（共著、金星堂、2012年）、『アメリカン・ロードの物語学』（共著、金星堂、2015年）、『ノンフィクションの英米文学』（共著、金星堂、2018年）

山下　あや（やました　あや）

愛知学院大学講師
論文に「エミリィ・ディキンスンの詩における時間感覚」（京都女子大学大学院文学研究科研究紀要『英語英米文学論輯』、2018年）、「エミリィ・ディキンスンの詩における美とことば」（*The Emily Dickinson Review*. 第6号、2019年）、「エミリィ・ディキンスンの詩における自然と深淵」（京都女子大学大学院文学研究科研究紀要『英語英米文学論輯』、2019年）

下村　伸子（しもむら　のぶこ）

京都女子大学名誉教授
著書に、『エミリ・ディキンスンの詩の世界』（共著、国文社、2011年）、『私の好きなエミリ・ディキンスンの詩』（共著、金星堂、2016年）論文に、「「旋律の稲妻」――エミリ・ディキンスンの詩と芸術家たち――」（『英文学論叢』第62号、京都女子大学英文学会、2018年）

大西直樹（おおにし　なおき）

国際基督教大学名誉教授
著書に『ニューイングランドの宗教と社会』（単著、彩流社、1997年）、『ピルグリムファーザーズという神話』（単著、講談社、1998年）、『エミリ・ディキンスン――アメジストの記憶』（単著、彩流社、2017年）

小泉　由美子（こいずみ　ゆみこ）

茨城大学教授
著書に『幻実の詩学――ロマン派と現代』（共著、ふみくら書房、1996年）、『エミリ・ディキンスンの詩の世界』（共著、国文社、2011年）、訳書に『完訳エミリ・ディキンスン詩集（フランクリン版）』（共訳、金星堂、2019年）

金澤　淳子（かなざわ　じゅんこ）

早稲田大学非常勤講師
著書に『エミリ・ディキンスンの詩の世界』（共著、国文社、2011年）、論文に“Dickinson, Thoreau, and John Brown: The Voice of the Voiceless.” (*Thoreau in the 21st Century: Perspectives from Japan*. 金星堂、2017年)、訳書にヘレン・ハント・ジャクソン『ラモーナ』（共訳、松柏社、2007年）

吉田　要（よしだ　かなめ）

日本工業大学准教授
著書に『アメリカ文学と革命』（共著、英宝社、2016年）、『私の好きなエミリ・ディキンスンの詩』（共著、金星堂、2016年）、論文に「シルヴィア・プラスのタロット―― “The Hanging Man” の行方――」（*artes liberales*、第29号、日本工業大学共通教育学群、2019年）

石川　まりあ（いしかわ　まりあ）

マサチューセッツ大学アマスト校　博士課程在籍
論文に「神殿を建てる大工―― Emily Dickinson の『家』と創作の作法」（『アメリカ文学研究』第52号、2015年）、「種まく詩人―― Emily Dickinson における『墓』と『眠る種』」（*The Emily Dickinson Review*. 第4号、2017年）

濵田　佐保子（はまだ　さほこ）

岡山短期大学教授
著書に『文学と戦争――英米文学の視点から』（共著、英宝社、2013年）、『超自然――英米文学の視点から』（共著、英宝社、2016年）、『比喩――英米文学の視点から』（共著、英宝社、2019年）

Writings." (*Women's Studies*. Vol. 47, 2018.)、訳書に『完訳エミリ・ディキンスン詩集（フランクリン版）』（共訳、金星堂、2019年）

江田　孝臣（えだ　たかおみ）

早稲田大学名誉教授
著書に『エミリ・ディキンスンを理詰めで読む』（単著、春風社、2018年）、『『パターソン』を読む――ウィリアムズの長篇詩』（単著、春風社、2019年）、訳書に共訳『アメリカ現代詩101人集』（思潮社、1999年）

上石　実加子（あげいし　みかこ）

駒澤大学教授
著書に『エミリ・ディキンスンの詩の世界』（共著、国文社、2011年）、論文に "Heroism and Atrocity in 'The Bull that Thought'." (*The Kipling Journal*. Vol. 91. No. 369. 2018)、"Anglophone Literature Revisited: A Compass for Eng-lish Language Education in Japan." (*Cultures and Communication*. Vol. 37. 2018)

梶原　照子（かじわら　てるこ）

明治大学教授
著書に『アメリカ文学入門』（共著、三修社、2013年）、論文に「叙事詩、抒情詩、モダニティ――ジャンルからみるWhitmanの初期の詩学――」（『英文学研究』第88巻 和文号 日本英文学会、2011年）、「Death, Love, Democracy――ディキンスンとホイットマンの詩的創造力――」（明治大学文学部紀要『文芸研究』第132号、2017年）

古口　博之（こぐち　ひろゆき）

岐阜協立大学教授
著書に *Emily Dickinson and the Romantic Poets*（単著、Horitsu-Bunkasha, 1988）、*Primer for Essential English*（単著、Sankeisha, 2002）、*Essays on Wallace Stevens*（単著、Sankeisha, 2003）

松本　明美（まつもと　あけみ）

関西福祉科学大学教授
著書に『白の修辞学（レトリック）』――エミリィ・ディキンスンの詩学』（単著、関西学院大学出版会、2014年）、『エミリ・ディキンスンの詩の世界』（共著、国文社、2011年）、論文に「詩人たちの旅路――エミリィ・ディキンスンとエリザベス・ビショップの詩から」（日本エミリィ・ディキンスン学会、2017年）

執筆者紹介（掲載順）

新倉　俊一（にいくら　としかず）

明治学院大学名誉教授・詩人
著書に『詩人たちの世紀――西脇順三郎とエズラ・パウンド』（みすず書房、2003年、ヨゼン・ロゲンドルフ賞）、『評伝――西脇順三郎』（慶應義塾出版会、2005年、和辻哲郎文化賞、山本健吉文学賞）、『転生』（詩集、トリトン社、2016年）、『ウナ・ジョルナータ』（詩集、思潮社、2018年）、訳書に『エズラ・パウンド詩集』（角川書店、1976年）

東　雄一郎（あずま　ゆういちろう）

駒澤大学教授
著書に『エミリ・ディキンスンの詩の世界』（共著、国文社、2011年）、『ノンフィクションの英米文学』（共著、金星堂、2018年）、訳書に『完訳エミリ・ディキンスン詩集（フランクリン版）』（共訳、金星堂、2019年）、『ハート・クレイン詩集』（南雲堂、1993年）

平松　史子（ひらまつ　ふみこ）

日本エミリィ・ディキンスン学会会員、日本ソロー学会会員
著書に『私の好きなエミリ・ディキンスンの詩』（共著、金星堂、2016年）、研究ノートに「ソローのエオリアン・ハープ」『ヘンリー・ソロー研究論集』第44号（日本ソロー学会、2018年）、修士論文「エオリアン・ハープ――風の象徴としてのロマン主義的遺産――」（国際基督教大学大学院アーツ・サイエンス研究科比較文化専攻提出、2015年）

武田　雅子（たけだ　まさこ）

大阪樟蔭女子大学名誉教授
著書に『エミリの詩の家――アマストで暮らして』（単著、編集工房ノア、1996年）、*In Search of Emily Dickinson—Journeys from Japan to Amherst*（単著、Quale Press、2005年）、編訳書に『エミリ・ディキンスンの手紙』（共訳、弓書房、1984年）、『エミリの窓から』（単著、蜂書房、1988年）

朝比奈　緑（あさひな　みどり）

慶應義塾大学教授
著書に『エミリ・ディキンスンの詩の世界』（共著、国文社、2011年）、論文に、"Reconsidering Mabel Loomis Todd's Role in Promoting Emily Dickinson's

私の好きなエミリ・ディキンスンの詩 2

2020年5月30日　初版発行

編　者　新倉　俊一

発行者　福岡　正人

発行所　株式会社 **金星堂**

(〒101-0051) 東京都千代田区神田神保町 3-21
Tel. (03)3263-3828（営業部）
(03)3263-3997（編集部）
Fax (03)3263-0716
http://www.kinsei-do.co.jp

組版／ほんのしろ　Printed in Japan
装丁デザイン／岡田知正
印刷・モリモト印刷／製本・牧製本
落丁・乱丁本はお取り替えいたします

ISBN978-4-7647-1204-1 C3098